初學記卷第二十三

錫山安國校刊

道釋部

道第一

敘事　靈寶眞一自然經訣曰大道者不可彊名也彊名曰大彊字曰道隋書經籍志曰蓋萬物之奧聖人之至賾也太玄眞一本際經曰無宗無上而獨能爲萬物之始故名元始運道一切爲極尊而常處三清出諸天上故稱天尊本行經曰道言元始天尊以我因緣之勲錫我太上道君之號高上老子内傳曰太上老君姓李氏名耳字伯陽其母曾見日精下落如流星飛入口中因有娠七十二歲而生常有五色雲繞其形五行之獸衞其堂於陳國渦水李樹下剖左腋而生又曰鶴髮龍顏廣額長耳大目踈齒方口厚脣額有參午達理日角月懸鼻純骨有雙柱耳竪大三門項有日光身滋白血面凝

金色舌絡錦文形長一丈二尺齒有四十八受
元君神圖寶章變化之方及還丹伏火水汞胡摠
反液金之術凡七十二篇後魏釋老志曰其爲
教也蠲去邪累澡雪心神積行立功累德增善
乃有白日昇天長生世上又有三元九府百二
十官一切諸神咸所統攝焉【事對】氣祖　帝先
玄妙內篇經曰元道本起於元首萬氣之祖老子曰道沖而用
之挫其銳解其紛和其光同其塵湛兮似或存吾不知誰氏之
子象帝之先王弼注云帝天帝也
貸三　生一
明威經曰天道善貸以三氣上氣曰始其色正青
中氣曰元其色正白下氣曰玄其色正黃老子曰道生一孫登
注曰妙一宅於太虛之內玄化資於至道之用故因其所由謂

之曰　感星　夢日　葛洪神仙傳曰老子母感大流星而有
生娠後聖九玄道君列紀經曰後聖君之
母先夢玄雲日月纏
其形乃感而孕焉　姓李　字芝　葛洪神仙傳曰老子生於李家猶以李爲姓上
清三天君列紀經曰上清眞
人姓栢字芝乃中皇時人也　託洪胎　剖李腋　本行經曰太上
道君託胎洪氏之胞凝神瓊胎之府道德經序訣曰
周時復託神李母剖左腋而生生即皓然号曰老子　玄女呑
氣　聖母夢雲　玄妙內篇經曰三氣八十一万億歲後化生玄妙玉女又生後八十一万億歲後三氣變
化五色玄黃妙玉女口仍即呑之八十一万億乃化從玄妙
玉女左腋而生生而白首故号爲老子聖母夢雲見夢注合
氣爲名　指樹爲姓　龜山元錄經曰高上玉皇上聖帝君九天玉眞皆德空洞以爲字合二氣
以爲名玄妙內篇經曰老君托從李母
生李母无胥老君指李樹曰此爲我姓　把十蹈五　雙柱
三門　葛洪神仙傳曰洪按朱韜玉札金籥內經皆云老子足蹈三五手把十柱鼻骨雙柱耳三門　綠腸朱

髓蒼腎青肝道君列紀經曰君三元宫有琳札綠腸朱髓又曰玄
都丹臺有皇皇金字者則青肝紫絡蒼腎綫文
綠筋紫腦 銜日戴星道君列君經曰斗中若有玄籙玉
籍者則自有綠筋若三元宫有琳札青
紫腦
錄古
七十二色 三十二光龜山元錄經曰自高上虛皇頂負
圓光七十二色又曰太微天帝君身
生三十二
色宝光矣
書 上皇玉帝君乃吟玉清之隱書上景發
晨暉金
霄鬱紫清三素曜瓊角九玄上招靈手授青林花迴蓋太元庭
寢宴順綠房飛步透玉京提携朱景玉長烟亂虛營玄歸自司
保何以
怨无生
詩 東晉湛方生諸人共講老子詩吾生幸
凝湛智
浪紛競結流宕失眞宗遂之弱喪轅雖欲反故鄉埋翳歸途絕潦除非
玄風折心焉能歇大矣五千鳴特為道喪設鑒之誠水鏡塵穢皆朗徹
讚 東晉孫綽老子讚李老无為而无不為道一堯孔
跡又靈奇塞関內鏡冥神絕涯
永合元氣
契長兩儀
序 後周宇文逌道教實花序混成元
胎先天

地而生玄妙自然在開闢之外可道非道非因金籙以詮言上
德不德寄玉京而闡說高不可援深不可源閟之而章三光舒
之而綿六合廣矣大矣於得尽其鈎深恍兮惚兮安可窮其象
物十善之戒四極之科金簡玉字之音瓊笈銀題之旨升玄內
教靈宝上清五老赤書之篇七聖紫文之記故以暉諸篆籀煥
彼圖牒玄經閟籍可得而談者焉若乃包含天地陶育乾坤无
大不大无小不小隨之而不見其後迎之而不見其前周流六
虛希微三氣无上大道遊於空洞之上梵形天尊見於龍漢之
劫日在丁卯拜東華之青童辰次庚寅虔台山之靜默漢史亦
載道有三十七家九十三篇斯止略序宗塗匪奧探賾詎詳金
液之異未悟石函之奇見之者尚迷聞之者猶豫非有天尊之
說曾无大聖之言豈下四蘖之册罕識五光之彩區區瑣瑣盡
各而
言

僊第二 敘事 釋名曰老而不死曰仙僊遷也遷入
山也故制字人傍山也魏伯陽周易參同契曰

惟昔聖賢懷玄抱眞體服九鼎化淪與升（九鼎謂丹砂之精）含精養神通德三元（天地人也）精液腠理筋骨致堅衆邪闢除正氣常存累積長久變形而仙史記曰蓬萊方丈瀛洲此三神山諸仙及不死藥在焉黃金白銀爲宮闕未至望之如雲及到三山反居水下欲到則風引船而去終莫能至者崔玄山瀨鄉記曰老子爲十三聖師養性得仙各自有法凡三十六或以五行六甲陳或以服食度骨筋或以深巷大巖門或以呼吸見丹田或

以流理還丹或以歔欷游天山或以元陽長九分或以恬澹存五官或以清淨飛凌雲或以三辰建斗迴或以三五竟復還或以聲闍處海濱或以三黃居魄魂或以太一行成均或以六甲御六丁或以祭祀致鬼神或以吹呴沉深泉或以命門固靈根或以乘璇璣得玉泉或以專守升于天或以混沌留吾年或以把握知塞門或以太一柱英氣或以虛無斷精神或以黃庭乘僮人或以柱天德神仙或以玉衡上柱天或以

六甲游玄門或以道引俛仰伸或以寂寞在人間或以藥石上騰雲或以九道致紅泉或以厥陰三毛間或以去欲但存神抱朴子曰求仙者要當以忠孝和順仁信爲本若德不修而但務方術終不得長生也行惡行大者司命奪紀小過奪筭隨所犯輕重故所奪有多少

事對

桂父 茅君 裴氏廣州記曰桂父常食桂葉見知其神尊事之一旦與鄉曲別飄然入雲葛洪神仙傳曰茅君學道成而歸自說吾有神靈之職某月日當之官至期登羽車而去

赤松 黃石 劉向列仙傳曰赤松子神農時雨師服水玉散教神農服入火自燒至崑崙山上常止西王母石室隨風上下炎帝少女追之亦得仙俱去神仙傳曰黃石君者修彭祖之術年數百歲猶有少容亦學地仙不求升雲

金母 玉妃 空洞靈章經曰紫微煥七臺鶱樹秀玉霞衆聖集琳宮金母命清歌靈寶赤書經曰元始登命太眞案筆玉妃拂筵鑄金爲簡刻書玉篇

山圖 園客 劉向列仙傳曰山圖隴西人馬踏折脚山中道人教服地黃當歸羌活玄參服一年病愈身輕追道人問自去五岳使也能隨吾汝便不死山圖追隨六十餘年歸來行毋服復去莫知所之又曰園客濟陽人種五色香草積十年服食其實有五色蛾上香草末客收而養之生桑蠶時有女夜至自稱客妻道蠶狀客與俱蠶繭大如盆繰訖俱去莫知所之

木工 陶正 劉向列仙傳曰赤松子輿者黃帝時人不食五穀啖百草花至堯時爲木工能隨風雨上下又曰甯封子者爲黃帝陶正有人過之爲其掌火能出五色烟積火自燒而隨烟氣或上或下

龍師 魚吏 劉向列仙傳曰師門能使火食桃李葩爲夏孔甲龍師孔甲殺而埋之外野一旦風雨迎之又曰赤須子者豐人云秦穆公時主魚吏也食松實天門冬石脂齒落更生髮墮更出後去止吳山七十餘年莫知其所至

詩

東晉郭璞遊仙詩 暘谷吐靈曜扶桑森千丈朱霞升東山朝日何晃朗迴風
流曲櫺幽室發逸響悠然心永懷眇尔自遐想仰思舉雲翼延首矯玉掌嘯傲遺世羅縱情在獨往明道雖若昧其中有妙象
希賢宜勵德羨魚當結網 又詩曰 採藥游名山將以救年頹呼吸玉滋液妙氣盈胸懷登仙撫龍駟迅駕乘奔雷
鮮裳逐電曜雲蓋隨風迴手頓羲和轡足蹈閶闔開東海猶蹄涔崑崙螻蟻堆䢜遥冥茫中俯視令人哀 梁武帝
游仙詩 水華究靈奧陽精測神秘具聞上仙訣留丹未肯餌潛名游柱史隱迹居郎位委曲鳳臺日分明栢寢事
蕭史暫徘徊待我升龍轡 梁沈約奉和竟陵王游仙詩 朝止閶闔宮夕宴清
都闕騰蓋擁奔星怯鑾遊行月九疑紛相從虹旌乍升沒青鳥去復留高堂雲不歇葛花有餘照淹留且晞髮 周庾
信和趙王游仙詩 藏山還採藥有道得從師京兆陳安世成都李意期玉京傳 業太一受飛
龜白石香新芋青泥美熟芝山精逢照鏡樵客遇圍碁石文如碎錦藤苗似乱絲蓬萊在何處漢后欲遥祠 詞 步
虛詞 東明九芝蓋北燭五雲車飄颻入倒景出沒上烟霞春泉下玉霤青鳥向金華漢帝看桃核齊侯問棗花上元
應送酒來在蔡經家 又詞 北闕臨玄水南宮坐絳雲龍泥印玉策天火練真文上元風雨散中天歌吹分虛駕千尋
上空香万里聞 贊 宋謝靈運王子晉讚 淑質非不麗難以之百年儲宮非不
貴豈若登雲天王子愛清淨區中寔囂諠冀見浮丘公與爾共繽翻 又巖下一老翁五少
年讚 衡山採藥人路迷粮亦絕過息巖下坐正見相對說一老四五少仙隱不可別其書非世教其人必賢哲

道士第三

叙事 太霄琅書經曰人行大道號曰道士士者何理也事也身心順理唯道是從從道為事故稱道士樓觀本記曰周穆王尚神仙因尹真人草制樓觀遂召幽逸之人置為道士

又曰平王東遷洛邑又置道士七人漢明帝永平五年置三十七人晉惠帝度四十九人給戶三百後魏武帝爲九州置壇又度三十五人文帝幸雍謁陳熾法師置道士五十人三洞道科曰道士有五一天眞道士高玄皇人之流也祛惑論曰鬱華子廣成子紫府先生中黃眞人河上丈人亦是也二神仙道士杜沖尹軌之例也祛惑論曰赤松子鬼谷子劉叔卿樂子長安期先生王方平魯女生亦是也三山居道士許由巢父之比也祛惑論曰王倪善卷東園公甪里先生亦是也四出家道士宋倫彭諶之匹也祛惑論曰杜沖彭宗王探封君達王子年陳宝熾李順興亦是

也五在家道士黃瓊籛鏗之倫也陸法師曰凡道士道德爲父神明爲母清淨爲師太和爲友大戒三百以杜未兆之禍威儀二千以興自然之福

事對

素券 赤明 太上丹簡墨錄經曰若受法位至眞一及太一素券之号可署先生之位靈宝五練經曰昔赤明天中道士鄭仁安功德未滿死於長桑北戎之阿玄和先生於此五練生尸之符鬱然而起爲上宮南帝老君

悟師 無友 太平經曰悟師一人教十弟子十以教百百以教千千以教万眞誥曰李少君口訣云道士去世不事王侯是无君也塊然獨立是无友也

稷丘 鬼谷 列仙傳曰稷丘公者太山下道士漢武帝東巡狩乃冠章甫衣黃衣擁[illegible]來迎帝曰勿上必傷之帝上左指折爲丘公立祠鬼谷盡皃[illegible]事

善忍 句曲 靈宝五練經曰昔善忍国有道士姓琅[illegible]信然師无常眞誥曰秦孝王時道士周大

賔往句曲山下種五果也

玄黃　青赤　洞眞隱玄玉晨金華玉經曰朱宇鳳[redacted]明光映軒上座玄黃中序天眞老子立德經曰道士有上中下深於道多者名上座龜山元錄經曰皇上万始先生秋三月則化形爲青赤紫三色之光

三景　二暉　太上入素眞經曰凡遵三景稱三景苐子巳度三人付師友巳從傳授得稱三景法師上清紫晨君經云上皇先生紫晨君蓋二暉之胤結玉晨之精

貴人　給戶　洞淵經云道士貴人悉天上來也給戶事見敘事

東園公　西門惠　漢書曰東園公綺里季夏黃公角里先生四皓也見敘事漢書曰道士西門惠知王莽之將終劉氏復爲天子

詩

魏知古玄元觀尋李先生不遇詩　羽客今何在空尋伊洛間忽聞歸苦縣復想入函關未作千年別猶應七日還神仙不可見寂寞返蓬山

觀第四

叙事

太上決疑經曰元始天尊在協晨靈觀諸天内音經曰[redacted]上觀罪福之賜開死生之門九靈觀主天地大期洞靈上觀主御帝君紫陽觀主雲風北靈觀王開入書于空洞通陽觀主得度之人太靈觀主得度升仙人太和眞人尹軌樓觀先師傳曰周穆王問杜沖靈宅棲玄爲修觀道學傳曰茅山南洞有崇元觀道士張允之觀前別地爲金陵觀女道士王道憐入龍山自造觀宇名玄曜觀張元始復於茅山南洞造玄明觀

事對

玉虛　金洞　外國放品經曰北方有元洲地方三千里无色

象形影唯有玉虛紫館洞玄經曰金洞素虛館金母太素三元君所居

紫館 **丹室** 玉皇玄聖訓曰游龍交馳於紫館之上太洞五經注訣曰丹室者朱火天室館也

叢霄 **明霞** 洞玄五行經曰中黃老君曰子既知身藏又當知天地父母之家五城十二樓貞秘於叢霄之觀三元經曰元始天王於明霞之館大霄雲戶下教以授三天玉童

三陰 **九靈** 眞誥曰古英人改容於三陰之館童顏於九練之尸九靈事見敘事

西華 **北靈** 曲素決辭經曰高上玉皇辭曰月即西華館意合廣寒宮北靈事見敘事

【詩】**陳陰鏗遊始興道館詩** 紫臺高不極青溪千仞餘壇邊逢藥銚洞裏閱仙書庭舞經乘鶴池游被控魚稍昏蕤葉歛欲暝槿花踈徒教斧柯爛會自不凌虛

【詔】**後周武帝立通道觀詔** 制詔至道弘深混成无際躰包空有理極幽玄但歧路既分流源愈遠淳離朴散形氣斯乖遂三墨八儒朱紫交競九流七略異說相勝

佛第五

【敘事】佛地論曰佛者覺也覺一切種智復能開覺有情如睡夢覺故名爲佛普曜經曰佛兜率天降神於西域迦維衛國淨[illegible]王后摩耶夫人剖右脅而生時多靈瑞生而能言本相經曰年十九踰城出家學道勤行精進禪定六年成道具三十二相八十種[illegible]佛地論曰姓釋迦號牟尼佛後魏釋老志曰凡說教大抵言生生之類皆因行業有三世識神不滅凡爲善惡必有報應漸積勝業陶冶麤鄙經無數形澡練

神明乃致無生而得佛道也其間階次心行等
級非一皆緣淺以至深籍微而爲著在於積仁
順躅嗜欲習虛靜而成通照也其始脩心則依
佛法僧之三歸又有五誡去殺盜婬妄言飲酒
大意與仁義禮智信同隋書經籍志曰釋迦在
世教化四十九年乃至天龍人鬼並來聽法弟
子多有得道證果後於拘尸那城娑羅雙樹間
二月十五日入般涅槃譯言滅度亦言常樂我
淨弟子迦葉追共撰述其教爲十二部後漢明

帝夜夢金人飛行殿庭以問於朝而傅毅以佛
對帝遣使往天竺得佛經及釋迦像自後佛法
徧於中夏【事對】離相 斷言 法華經曰如來生住於種種之地所謂解脫相
離相滅相終歸於空維摩經曰法无名字言語斷故 慈室 慧門 法華經曰慈悲爲室柔和忍辱爲度[illegible]經
曰通惠爲門以法爲室 龍步 鸞音 佛名經曰龍步佛新經曰鸞音佛 金乘 珠藏
佛名經曰金乘佛又曰珠足佛珠藏佛 露山 金海 華嚴經曰甘露山佛稱揚功德經曰火光界金海如
來 寶洲 金界 佛名經曰南无宝洲佛又曰金色境界佛 日月燈 旃檀海 十方
佛名經曰三万億日月燈明佛觀佛三昧經曰五百旃檀海佛 珠腋 金臂 觀佛三昧經曰相佛腋下相中
懸生五珠如摩尼珠上[illegible]佛腋十住論曰佛臂長過膝如金関 字髮 輪齒 十住論曰佛髮色如墨蜂中有

德字安字唐伽羅刹經曰如來齒上有千輻輪相 七滿八平 十住論曰佛身七處滿謂兩手兩肩兩足
及頸佛地經曰佛表裏八處平滿三峯腹齊如等色好 金精髮珠火眉 大集經曰佛不以惡
事加衆生故得髮色金精相瓔珞經曰佛眉象珠火 琉璃咽 珊瑚舌 三昧經曰佛咽喉如琉璃筒大
智論曰佛舌相色如珊瑚 珠澤毛 金花面 離垢施女經曰賢者阿難以偈歎曰白毛眉間生美
澤猶眞珠修道經曰佛面光如金花

詩

齊王融訶詰四大門詩

迅矣百齡綿茲六入出沒昏疑與居愛習揔揔予求營營尒給匪德曰婦唯殃斯集貪人敗類无厭自及昭回不希玄墟何泣

又在家男女惡門詩

荏磨則磷玉生雖堅唯居必徒豈曰能賢冰開春日蘭敗秋年天教斯類及習情迁命符三觸生偕十纏茲焉遂住憂畏方延

又大慚愧門詩

蘭室改蓬心旌崖變伊草丹青有必渝絲■豈常皓曲轅且繩直詭木遂雕藻一簣或成山百里勸中道崇漢乃王臣大楚言元保勉矣德不孤至言匪虛造

又努力門詩

豫北二山尚有移河中一洲亦可爲精誠必至霜塵下意氣所感金石離有子■掌修名立時王權髮美譽垂昔來勤心少奮墮何不努力出憂危勝惱法鼓縈且擊智師道衆紛以馳有生无我儼旣列无明有我孰能窺

又迴向門詩

悠悠九土各異形擾擾四生非一情駈車策馬殉世業市文彌義炫虛名三墨紛糾殊不會七儒委鬱曾末并吉凶拘忌及數術取與離合實縱橫朝日夕月竟何取投巖赴火空梢生咄嗟失道尒迴駕沔彼流水趣東瀛

讚

梁沈約千佛讚

道有偕適理无二歸寂照同是形相俱非千覺府應迹扣冥機七尊緬矣感謝先違旣過已滅未來无象一利靡停三念齊想不常不住非今非曩賢劫雖遼修焉如響棲林籍樹背室違家前佛後佛跡罔崇■或游堅固或蔭龍華能達斯旨可類恒沙萃萃羣聖均此妙極先後參差各隨願力密跡弘道數終乃陟誓覩來運永傳令識

銘

梁沈約釋迦文佛象銘

積智成明積因成業能仁奚感將吼妙法駐景上天降生右脅始出四門終超九劫盻求靈性曠追玄轍道雖有門跡无可朕物我兼謝心行同泯一去後心百非寧尽

式資理悟悟以言陳言不自布出之者身有來必應如泥在鈞應我以形而余朦瞽守茲大夜焉拔斯苦仰尋尊靈法言攸吐不有儀形蔑焉誰覿

菩薩第六

〔敘事〕度世經曰菩薩著法冠幘道印綬觀藥王藥上二菩薩經曰藥王藥上身長千二百由旬隨應衆生或十八丈或八尺紫金色虛空藏經曰普賢菩薩身無量無邊一白千之色五十種光虛空藏菩薩身二十由旬項上如意珠作紫金色無涯際持法門經曰勝怨菩薩在虛空中立與流離雲覆世界雨金色之花沉水香赤眞珠蓋紺琉璃蓋珊瑚蓋大方等大集經

曰不空菩薩以三昧力其地平正猶如手掌多羅樹八道間錯羅布其中金多羅樹白銀葉花銀樹琉璃葉花頗黎樹馬腦葉花馬腦樹車渠葉花車渠樹眞珠葉花赤眞珠樹黃金葉花精進度無極經曰菩薩爲魚王漁人以網捕群魚則首倒植網中任尾舉繩衆魚得活六度集經曰菩薩爲鸚鵡王徒衆三千有兩鸚鵡力勢踰衆口銜竹銜以爲車乘王集其上飛止游戲大

智度論曰菩薩爲迦頻闍羅鳥與大象獼猴友共在必鉢羅樹下住自相問言我等不知誰應爲長象言我昔見此樹在我腹下今大如是我應爲長獼猴言曾蹲地手逸樹頭我應爲長鳥言我於必鉢羅林中食此樹果子隨糞出樹得生以是推之我應最大象復言先生宿舊禮應供養即時大象背負獼猴鳥在猴上周游而行九色鹿經曰菩薩爲鹿其毛九種色角如白雪僧伽羅利經曰菩薩立行有鳥巢頂上懼卵墜落及鳥未能飛終不捨去

事對

夢枕　飛鉢　優樓頻羅經曰昔有童子修悟世間化作女形生長者家其母夢琉璃枕有宝蓋菩薩曰所懐子是空明菩薩普起三昧經曰菩薩食鉢於空中自然飛來

鴿王　師子　六度集經曰菩薩爲鴿王優樓頻羅經曰有獅子眼王菩薩

日城　星劫　造天地經曰祭河婁国土人無有日月之光宝光菩薩往造日城法華經曰星宿劫也

手花　心地　虚空藏經曰宝手菩薩手中出无量花香瓔珞四不得經曰菩薩心等如地

三願　四誓　菩薩内戒經曰菩薩當如三願迦葉經曰菩薩有四種畢定誓

八方　七品　宝女經曰舍利佛菩薩八方無所患厭樓炭經曰有七品菩薩

天子按樹　帝釋聽經　普曜經曰菩薩成道入水洗浴八万天子各按樹枝菩薩牽枝出又曰菩薩降神母胎天帝釋梵咸來聽經

讚

東晉釋慧遠曇無竭菩薩讚　亹亹太匠道玄數盡譬彼大壑一百川俱引涯不俟津

涂不旋軫三流開源於焉同泯

宋傳亮文殊師利菩薩讚在昔龍種今也童真業化游方周識厥津高會維那研微盡神發揮幽賾導達天人

又彌勒菩薩讚時无並后道不二司龍潛兜率棲嚮俟時翳翳長夜懷而慕思思樂朗旦屬想靈期

僧第七

敘事

增一阿含經曰四河入海无復河名四姓爲沙門皆稱釋種尊勝經名爲苾芻諸經名爲比丘漢明帝内傳曰摩騰竺法蘭漢地僧之始也高僧傳曰僧會吳地僧之始也長阿含經曰凡沙門衣鉢隨身譬如飛鳥四十二章經曰僧行道如牛負深泥中疲極不敢左右顧增一阿含經曰沙門皆草蓐爲牀四分律曰沙門以世俗法教白衣正法念經曰沙門不得近一切捕鳥人戲論人外道人長阿含經又曰不畜象兵馬兵車兵步兵

事對

六法　五門成實論曰如說比丘成就六法能以口風吹散雪山高僧傳曰僧睿得禪法要遂精練五門

拘鄰　平叔增一阿含經曰將養聖衆不失威儀即阿若拘鄰比丘高僧傳曰廬山隱士劉遺民見僧肇般若无智論曰不意方今復有平叔

離日　彌天增一阿含經曰坐禪入定心不錯亂即離日比丘高僧傳曰習鑿齒嘗詣道安曰四海習鑿齒荅曰弥天釋道安

鵬者　鷹俊增一阿含經曰言論辯了而无疑滯又能造偈誦嘆如來德即謂鵬者舍比丘高僧傳曰支遁常養一鷹人問之何以荅曰賞其神俊

松柏　梧桐高僧傳曰姚興問司徒姚嵩僧

膺如何荅曰實鄭衛之音柏又曰惠紹將於東石室自楚
臨終謂同斈曰吾燒身處當生梧桐其後三日果生焉

三輩

四道 无爲經曰沙門有三坐禪爲上輩誦經爲中輩助衆爲下輩 請僧福田經曰聖僧四道果僧菩薩僧佛應化僧聖應化僧

花氏城 杯度鉢 法藏傳曰馬鳴比丘於花氏城中與五百王子同時悟道高僧傳曰朱靈期使高麗還值風飄至一洲見一寺有石人靈期竭誠懺悔乃爲真人因以鉢與杯度度得鉢直入雲還接之云我不見此鉢乃四千年矣

仙人星 呪龍雨 高僧傳曰道開從西來日行七百里太史奏石虎云有仙人星見當有高士入境又曰沙公符堅時旱呪龍下鉢中天即大雨

詩 **隋江揔經始興廣果寺題愷法師山房詩** 息舟候香埠悵別在寒林竹近交枝乱山長絕逕深轉飛入定影落照有跡陰不見投雲狀空留折桂心

詔 **後魏孝文帝立僧尼制詔** 門下凝寬澄沖事超俗外□摸荒賾理寄志言然非言何以釋教非俗何能表真是三藏㲉風必資戒典八十六度摘化固憑尸波自象

教東流千齡以半秦漢俗華禁制弥密故前代英人隨宜與別時輕時重以禪玄奧光朝之日嘗爲僧禁小有未詳宜其修立近見沙門統僧顯等自云欲更一刊定朕聊以淺識共詳正典事起忿忿觸未詳究且可設法一時粗救俗□須玄白一同更釐厥衰

宋孝武帝沙汰沙門詔 門下佛法訛替沙門混雜未足扶濟鴻教而專成逋藪加頃姦心頻發凶狀屢聞敗道乱俗人神交忿可付所在與寺者長精加沙汰後違犯嚴其誅坐主者詳其條格速施行□

寺第八

敍事 文殊師利菩薩經曰佛初得道在摩伽陀國伽耶山寺增一阿含經曰波斯匿等五王白世尊此僧伽尸水側福妙最是神地欲造寺世尊曰汝等五王此處造寺長夜受福世尊即申右手從地中出迦葉如來而告曰欲作

神寺當依此法佛游天竺本記曰達嚫國有迦葉佛伽藍穿大石山作之有五重最下爲鴈形第二層作師子形第三層作馬形第四層作牛形第五層作鴿形名爲波羅越波羅越盖彼国名鴿譬喻經曰阿育王起千八百寺高僧傳曰漢明帝於城門外立精舍以處摩騰焉即白馬寺是也名白馬者相傳云天竺國有伽藍名招提其處大富有惡國王利於財將毀之有一白馬繞塔悲鳴即停毀自後改招提爲白馬諸處多取此名焉

事

對

二梵　三利　增一阿含經曰世尊說四梵福若能補理故寺是謂二梵之福譬喻經曰王舍国人欲作寺錢不足入海得名寶珠上国王言我有三利欲作寺入海安隱多得金寶而不貪惜三利

白馬　青鴛　白馬事見敘事[redacted]藏經曰須弥山下有青鴛伽藍

四廟　兩塔　增一阿含經曰起四廟寺譬喻經曰劉賔国有兩塔寺

波羅越　麗跋藍　波羅越事見敘事十誦戒本經曰拘夷国寺阿麗藍[redacted]若阿麗跋藍石三寺比丘君依塔弥受法戒此寺尼多是葱嶺以東王侯婦女也

詩

吳少微和崔侍御日用游開化寺閣詩[redacted]左憲多材雄故戍光鷙鴞贈单于使休軺太原郭館次厭煩歒情懷尋寂寞西緣十里餘北上開化閣杒入雲封閒冥濛未昭廓漸出欄楻外万里秋景焯歲晏風落山天寒水歸鑒覽物頌幽果至秉動玄綸但敷利解言求用忘皆著

陳江揔明慶寺詩　十五詩書日六十軒冕年名山極歷覽勝地殊留連幽崖聳絕壁洞穴瀉飛泉金河知證果石室乃安禪夜梵聞三界朝香徹九天山階步皎月澗戶惠

凉蝉市朝霑草露淮海作桑
田何言望鍾嶺更復切秦川 隋蕭慤和崔侍中從駕
經山寺詩 鈊陳夜聽徼河漢曉參横游騎騰文馬前駈轉翠
旌野禽喧曙色山樹動秋声雲表金輪見岩端畫
拱明塔疑從地涌盖似積香成泉高下溜急松古上枝
平儀台多壯思麗藻蔚縁情自强非照庶何以繼連城 隋孔
德紹登白馬山護明寺詩 名岳標形勝危峯遠鬱紆成
象建環極大壯閘規模曾臺
聳靈鷲高殿迩陽烏暫同游浪苑還類入仙都三休開碧題万
戸洞金鋪攝心罄前礼訪道把中虚遥瞻尽地軸長望極天隅
白雲起梁棟丹霞映栱櫨露花疑濯錦泉
月似沉珠今日桃源客相顧失帰塗 詔 北齊武成帝
以三臺宮爲大興聖寺詔 思展聿修之重念帰喜捨
之路航慮匪悋国城何宝
期済率土至於圓極可以三臺宮爲大興聖寺此處極土木之
壯窮丹素之妍竒惟備於刻削光華異於圖彩願使靈心盻嚮
神物奔會真覔惟寂有感必通化爲浄土廣延德衆
心若琉璃法輪常轉麗甘露於大千照慈燈於廣劫 後周明

帝修起寺詔 制曰孝感通神聽天罔極莫不布金而構祇
園流銀而成宝敍方知鹿苑可期鶴林无遠
敢縁雅頌仰藉莊嚴欲使功侔天地與歌不
日太師晉国公捴監■陟岵陟屺■寺營造 唐貞觀年爲
戰陣處立寺詔 有隋失道九服沸騰朕親捴元戎致茲明
罰誓牧登庛曽无寧歲其有桀大嬰此湯
羅街鬚義憤終乎握節各徇所奉咸有可嘉日往月來逝川斯
遠雖復項籍放命封樹紀於丘墳鮑信捐生丹素著於圓象猶
恐九泉之下尚淪鼎鑊八難之間永纏氷炭湫然疚懐用忘興
寢所以樹其福田済其營魄可以建義以來交兵之処爲義士
凶徒殞身戎陣者各建寺刹招延勝侶望法鼓所振變炎火於
青蓮清梵所聞易苦海於甘露所司足量定処所并立寺名支
配僧徒及修院宇具爲事條以聞稱朕矜哀之意也仍命虞世
南李百藥褚遂良顔師古岑文本許敬宗朱子奢等爲碑銘以
紀功業也

初學記卷第二十三

初學記卷第二十四

居處部

錫山安國校刊

都邑第一

【敘事】春秋左氏傳曰凡邑有宗廟先君之主曰都無曰邑又釋名云都者國君所居人所都會也邑猶俋聚會之稱也案帝王世紀曰伏羲都陳神農亦都陳又營曲阜（陳今陳州曲阜今兖州曲阜縣）黃帝都涿鹿或曰都有熊（涿鹿今幽州界有熊今鄭州界新鄭縣）少昊都窮桑（窮桑在魯北故春秋傳曰命伯禽而封少昊之墟又尚書序曰魯侯伯禽宅曲阜）顓頊都高陽（高陽在周為衛地故春秋傳曰衛顓頊之墟也或謂之衛丘今濮陽縣）帝嚳都亳一曰都高辛（今偃師也）堯始封於唐後徙晉陽即帝位都平陽（唐今定州唐昌縣晉陽今太原府晉陽縣平陽今晉州）舜都蒲阪（今蒲州河東縣）禹本封於夏為夏伯及舜禪都平陽或在安邑（安邑蒲州縣名一曰夏禹在陽城蓋避舜子商均非都也案尚書五子之歌曰惟彼陶唐有此冀方言堯舜至禹及太康皆在冀州

界少康由典而復還舊都故春秋傳曰復禹之迹不失舊物
湯都亳殷都有三亳穀熟爲南亳偃師爲西亳湯
都即南亳也或云西亳至仲丁遷囂或曰敖今河南之敖倉也河亶甲居相
相今相州祖乙居耿耿河東皮氏之耿鄉及盤庚五遷復南都亳
之殷地則西亳也周文王都酆武王都鎬酆鎬並今京兆之界周
公相成王以酆鎬偏處西方方貢不均乃營洛
邑今東都也成王卽洛邑建明堂朝諸侯復還酆鎬
至幽王爲犬戎所殺平王東遷乃居洛邑及敬
王時又遷成周今洛陽故都城是也秦非子始封於秦秦今在隴
西自非子之後莊公徙楚丘文公徙汧寧公都平陽平陽今岐州郿縣界非堯之平陽都也至德公又居雍獻公徙櫟陽孝公

徙咸陽後都咸陽漢都長安東觀漢記曰光武中
興都洛陽又於南陽置南都三國時魏略云魏
以長安譙許昌鄴洛陽爲五都吳志云吳都鄂
後遷建鄴蜀志云蜀都成都晉書云晉都洛陽
至永嘉南居建康建康今潤州江寧縣宋齊梁陳並同居建康梁元帝及後梁蕭詧又別居
江陵晉亂有十六國各建都邑前涼張軌都燉煌後涼呂光都姑臧南涼秃髮烏孤都樂都西涼李暠都酒泉北涼沮渠蒙遜
都張掖前燕慕容廆初都和龍後徙薊又徙鄴後燕慕容垂都中山南燕慕容德都廣固北燕馮跋都和龍前秦苻堅後秦姚
萇並都長安西秦乞伏国仁都定樂前趙劉聰都平陽後趙石勒都襄国至石季龍都鄴後蜀李特都成都夏赫連勃勃都統
萬城晉永嘉南遷後魏據有中原初都代後徙洛陽至文帝遷長安孝靜帝遷鄴号東魏北齊高陽以鄴爲上都晉陽爲下都

西魏禪周周禪隋隋並都長安隋高祖營大興城後徙居之更名曰長安即今西京城也隋煬帝遷洛陽於故周之王城南對伊闕即今東都城也唐虞以前都名不著自夏之後各有所稱白虎通云夏爲夏邑商爲商邑周爲京師是也公羊傳曰京師者何也天子之所居也京大也師衆也言天子所居必以衆大言之也

事對

天府 **帝畿** 漢書曰劉敬說上都關中上疑之左右大臣皆山東人多勸上都洛陽曰東有成皐西有崤澠背河向洛其固亦足恃也張良曰洛陽雖有此固其中小不過數百里地薄四面受敵此非用武之国夫關中左崤函右隴蜀沃野千里南有巴蜀之饒北有胡苑之利阻三面而守獨以一面東制諸侯此所謂金城千里天府之国也班固西都賦曰華實之毛則九州之上腴焉防禦之阻則天下之奧區焉是故横被六合三成帝畿

帶涇 **貫渭**

班固西京賦曰漢之西都在于雍州實曰長安帶以洪河涇渭之川三輔黄圖曰秦皇兼天下都咸陽渭水貫都以象天漢横橋南度以法牽牛

作豐 **營洛** 毛詩曰文王受命有此武功既伐于崇作邑于豐漢書曰昔者周公營洛邑以爲在于土中諸侯蕃屏四方故立京師

三亳 **二周** 皇甫謐帝王世記云殷有三亳在梁国一亳在河南也穀熟爲南亳即湯都也蒙爲北亳即景亳湯所盟地偃師爲西亳則盤庚所徙也史記曰王赧時東西周分境王赧徙都西周

千里 **四縣** 白虎通曰京師者何謂也千里之邑号也法日月之徑千里周禮曰四縣爲都以任地事

居邰 **徙雍** 三輔故事曰周后稷居邰公劉遷豳亶甫遷岐山之陽三輔黄圖曰秦德公自汧徙雍

法日 **象漢** 法日事見千里注象漢事見貫渭注

再徙 **五遷** 呂氏春秋曰一徙成邑再徙成都三徙成国尚書曰盤庚五遷將徙亳殷

澗瀍 **河洛** 尚書曰我乃卜澗水東瀍水西惟洛食左思蜀都賦曰崤函有帝皇之宅河洛爲王者之里

建瓴 **定**

鼎漢書曰秦中形勝之国也地勢便利以加兵於諸侯譬猶高屋之上建瓴水也帝王世紀曰武王伐紂營洛邑而定鼎焉今洛陽西南洛水北有鼎中觀是也

伊洛　崤函傳毅洛都賦曰尋歷代之規兆仍嶮塞之自然決崑崙之洪流據伊洛之雙川漢書張良曰夫關中左崤函右隴蜀

統四方　兼六合五經要義曰王者受命創始建国立都必居中土所以揔天地之和據陰陽之正均統四方旁制萬国者也左思蜀都賦曰夫蜀都者於水陸所湊兼六合而交會也

交風雨　揔天地張衡東京賦曰昔先王之京邑也掩觀九隩靡地不營土圭測景不縮不盈揔風雨之所交然後以建王城揔天地事見統四方注

挾成皐　據函谷傳毅洛陽賦曰挾成皐之嵓阻扶二崤之崇山班固西京賦曰左據函谷二崤之阻

四方之極　八紘之中毛詩曰商邑翼翼四方之極毛萇注曰商邑京師也左思魏都賦曰夫魏土者考之四隩則八紘之中也測之寒暑則霜露所均也

賦

後漢班固西都賦漢之西都在于雍州實曰長安左據函谷二崤之阻表以太華終南之山右界褒斜隴首之險帶以洪河涇渭之川華實之毛則九州之上腴焉防禦之阻則天下之奧區焉是故横被六合三成帝畿周以龍興秦以虎眂及王大漢受命而都之也仰悟東井之精俯協河圖之靈奉春建策留侯演成天人合應以發皇明乃眷西顧實惟作京

後漢傅毅洛都賦惟漢元運會世祖受命而弭亂體神武之聖姿握天人之契贊揮電旗於四野拂宇宙之殘難受皇号於高邑脩兹都之城館尋歷代之規兆仍險塞之自然被崑崙之洪流據伊洛之雙川挾成皐之嵓阻扶二崤之崇山砥柱回波綴于後三塗太室結於前鎮以嵩高喬岳峻極于天

後漢張衡南都賦於顯樂都既麗且康陪京之南居漢之陽割周楚之豐壤跨荊豫而爲疆體爽塏之閑敞紛郁郁其難詳爾其地勢則武關關其西桐柏揭其東流滄浪而爲隍廓方城以爲墉湯谷涌其後淯水蕩其凶推瀨引湍三方是通

晉左思蜀都賦夫蜀都者蓋兆基于上代開国於中古廓靈關而爲門包玉壘而爲宇帶二江之雙流抗峩眉之重阻水陸所湊兼六合而交會也

又魏都賦魏土者畢昴之

所憑虞夏之餘人先王之桑梓列聖之遺塵考之四隩則八紘之中測之寒暑則霜露所均

晉庾闡楊都賦 負鍾嵓以結宇泝陽潭以開江頹方山之磐崿竦白石之靈峯匯青谿之濬壑枕百堵之層墉橫朱雀之飛梁谿九逵之遐衝

詩

陳孔奐賦得名都一何綺詩 京洛信名都佳麗擬蓬壺九華彫玳瑁百福上椒塗黃金絡騕褭蓮花裝鹿盧咸言儀服盛全勝執金吾

隋許善心奉和還京師詩 重光闡帝圖肆覲荷來蘇卜洛連新邑因秦還舊都雷驚三辰衛星陳七萃驅從風折鳳羽曜日拖魚鬚憲章殫禮樂容服備車徒迴鑾入酆鎬從蹕度枌榆冉冉年和變遲遲節物徂餘花照玉李細葉翦珪梧朝夕萬國湊海會百川輸微生逢大造倏忽改榮枯

虞世南賦得吳都詩 畫野通淮泗星躔應斗牛玉牒宏圖表黃旗美氣浮三分開霸業萬里宅神州高臺臨茂苑飛閣跨澄流江濤如素蓋海氣似珠樓吳趨自有樂還似鏡中遊

褚亮賦得蜀都詩 列宿光輿井分芒跨梁岷沉犀對江浦駟馬入城闉英圖多霸跡歷選有名臣連騎簪纓滿含章詞賦新得上仙槎路無待訪嚴遵

李百藥賦得魏都詩 炎運精華歇清都實命開帝里三方盛王庭萬國來玄武踈遥隧金鳳上層臺乍進仙童藥時傾避暑杯南館招奇士西園引上才還惜劉公幹疲病清漳隈

鄭翼登北邙還望京洛詩 步登北邙阪踟躕聊屬望宛洛盛皇居規模窮大壯三河分設險兩崤資巨防飛觀紫煙中層臺碧雲上青槐夾馳道迢迢脩且曠左右多第宅參差居將相清晨謁帝返車馬相追訪胥徒各異流文物分殊狀嚣塵暗天起簫管從風颺伊余孤且直生平獨淪喪山幽有桂叢何為坐惆悵

詔

唐高宗天皇大帝建東都詔 朕聞踐華固德百二稱乎建瓴卜洛歸仁七百崇乎定鼎是以控膏腴於天府啓黃圖於渭濱襟沃壤於王城摛綠宇於河渚市朝之城麗皇州之九緯丹紫之原邇神皋之千里二京之盛其來自昔此都心茲宇宙通賦貢於四方交乎風雨均朝宗於萬國曲阜之規猶勤測圭之地載華豈得宅帝之鄉獨稱都於四塞里王之邑匪建國於三川宜改洛陽宮為東都上棟下宇彼勞昔以難前廣夏高臺

我名今而改彼仍
茲舊貫式表宸居

城郭第二

敘事

管子曰內爲之城外爲之郭釋名云城盛也盛受國都也郭廓也廓落在城外也風俗通曰郭或謂之郛郛者亦大也案淮南子鯀作城吳越春秋曰鯀築城以衛君造郭以守民此城郭之始也五經異義曰天子之城高九仞公侯七仞伯五仞子男三仞又公羊傳注曰天子之城千雉高七雉公侯百雉高五雉子男五雉高三雉白虎通曰天子曰崇城言崇高也諸侯曰干城言不敢自專禦於天子也月令每歲孟秋之月補城郭仲秋之月築城郭左氏傳曰計丈數揣高卑度厚薄仞溝洫物土方議遠邇量事期計徒庸慮材用書餱糧以令役此築城之義也釋名又方城上垣謂之睥睨言於孔中睥睨非常也亦曰陴言裨助城之高也亦曰女牆言其卑小比之於城若女子之於丈夫也說文所謂堞者亦女牆也

事對

却月　長雲

荊州記曰沔陽縣至沔口水北有却月城西一里有馬騎城周廻五里高一丈鮑昭蕪城賦曰崪若斷岸矗似長雲

皇

后　夫人　酈道元注水經曰魯陽關水歷衡山西南經皇后
城西建武元年光武遣侍中傳浚持節迎光列皇
后於淯陽浚發兵三百餘人宿衛皇后道路歸京師既稅捨所
在故城得其名矣漢書曰匈奴使右都尉要擊漢軍於夫羊句
山貳師遣屬国胡騎二千與戰虜兵
敗散漢軍乗勝追北至范夫人城　西安　南武　崔鴻北涼録曰
沮渠蒙遜等推段業爲涼州牧業築西安城董覽吳地記曰海
渚有吳王闔閭與越結怨相伐築城名曰南武城以禦越後吳
先主亦因此更
繕脩以備魏也　臨江　踐華　荊州圖記曰魚復縣西北赤甲城東南連白帝城西臨大
江賈誼過秦論曰始皇奮六代之餘烈
振長策而御宇内踐華爲城因河爲池　紫土　黄金　崔豹古今
注曰秦所築長城土色皆紫漢塞亦然故稱紫塞沈約
宋書曰氐師楊難當寇漢中魏興太守薛健據黄金城　千里
九重　東方朔十洲記曰崑崙山有積金爲天城面方千里淮
南子曰崑崙山有增城九重其高一万一千一百一十
里　玄菟　白鹿　漢書曰昭帝元鳳六年某郡國徙築遼東
玄菟城王歆之始興記曰含涯有三城白

沙城馬鞍城白鹿
城城南有白鹿岡　千丈　九仞　荊州圖記曰白帝城西臨大江東南高二百丈西北
高一千丈許隋五經異
義曰天子城高九仞　天險　地中　荊州圖記曰夷陵縣南對岸有陸抗故城
周迴十里三百四十步即山爲墉四面天險周書曰周公云余
畏周室不延以爲天下宗乃作大邑于土中立城方六百二十
丈周禮曰日至之晨尺有五寸謂之地中天
地之所合也四時之所交也乃建王国焉　下魚　游鹿
袤山松宜都記曰限山縣東六十里有山名下魚城四面絶崖唯
兩道可上皆險峻山上周迴可二十里有林木池水人田種於
山上昔永嘉亂土人登此避賊守之經年食盡取池魚擲下與
賊以示不窮賊遂退散因此名爲下魚城王歆之始興記曰含
涯有白鹿城晉咸康中郡人張魴作令十年
甚有惠政白鹿群游取一而獻之故以爲名　固國　表城
趙曄吳越春秋曰堯聽四岳之言用鯀修水鯀曰帝遭天災厥
黎不康乃築城造郭以爲固國王肅表曰夫城之有郭猶骨之
有皮表裏各異則保障不
完皮骨分離則一體不具　顔田　廖葬　莊子曰孔子謂顔
回曰家貧居卑胡

不仕乎顔回對曰不願仕回有郭外之田五十畒足以給饘粥足以給絲麻皷琴足以自樂回不願仕也後漢書曰汝南廖扶者畢志衡門死葬北郭號曰北郭先生

【賦】

魏文帝登城賦孟春之月惟歲權輿和風初暢有穆其舒駕言東邁陟彼城隅逍遥遠望乃欣以娱平原博敞中田闢除嘉麥被壟緑路帶衢流莖散葉列倚相扶水幡幡以長流魚裔裔以東馳風飄飄而既臻日晻曖以西移望舊館而言旋永優游而无爲

宋鮑昭蕪城賦崪若斷岸矗似長雲制磁石以禦衝糊頳壤而飛文觀階扃之固護傳万祀而一君出入三代五百餘載竟瓜剖而豆分至若白楊落早棊草前衰稜稜霜氣蔌蔌風威孤蓬自振驚沙坐飛通池既已夷峻隅又已頹直視千里外唯見其黄埃若夫藻扃黼帳歌臺舞閣之基璇淵碧樹弋林釣渚之館吴蔡齊秦之聲魚龍爵馬之玩皆薰歇燼滅烟沉響絶東都妙姝南国麗人蕙心紈質玉皃絳脣埋寃幽土委骨窮塵豈憶同輦之愉樂離宫之苦辛歌曰邊風起兮城上寒井徑滅兮丘隴殘千齡兮萬代共盡兮何言

梁吳均吳城賦古樹荒煙幾百千年云是吳王所築越王所遷東有鑄劒殘水西有舞鵠故墟縈具區之廣宅

帶姑蘇之遠山僕本蓄怨千悲億恨况復荊棘蕭森叢蘿彌蔓亭梧百尺皆歷地而生枝階筠萬本或至杪而无葉不見春荷夏芰唯聞秋蟬冬蝶木魅晨走山鬼夜驚不知九州四海乃復有此吳城

【詩】

梁簡文帝從頓還城詩漢渚水初緑江南草復黄日照蒲心暖風吹梅樹香征艫艤湯塹歸騎息金隍舞觀衣恒襞歌臺絃未張持此横行去誰念守空牀

梁王筠和新渝侯巡城詩閶闔曖已昏鈎陳杳將暮樓烏城上喧晚雀林中度屯衛時巡警嶷威肆安步閣道趍文昌禁兵連武庫銅烏迎早風金掌承朝露眾恩分曉色睥睨生秋霧維城任寄崇空想靈均賦伊余方病免丘園保恬素

後魏温子昇從駕幸金墉城詩兹城實佳麗飛甍自相並膠葛擁行風岧嶤閟流景御溝屬清洛馳道通丹屏湛淡水成文參差樹交影長門久已閉離宫一何静細草縁玉堦高枝蔭桐井微微夕渚暗肅肅暮風冷神行揚翠旗天臨肅清警伊臣從下列逢恩信多幸康衢雖已泰弱力將安騁

李百藥秋晚登古城詩日落征途遠悵然臨古城頽墉寒雀

集荒堞睨烏鶩鷩蕭森灌木上迢遰孤煙生霞景焕餘照露氣澄晚清秋風轉搖落此志安可平

銘 後漢李尤京師城銘 天險韭登地險丘陵帝王設險乾坤是承

宮第三

叙事

釋名云宮穹也言屋見於垣上穹崇然也周易曰上古穴居而野處後代聖人易之以宮室上棟下宇以待風雨蓋取諸大壯此其始也 又白虎通曰黃帝作宮室以避寒溫世本曰禹作宮室二説不同

昔黃帝有合宮 見管子 堯有貳宮 帝王世紀曰堯見舜處於貳宮 搗宮 見相見經 湯有鑣宮 見墨子湯所受命之宮 周有蒿宮 大戴禮曰周德澤和洽蒿茂大以為宮柱名為蒿宮 鄭宮春宮 見紀年穆王所居宮 秦有蘄年宮信宮梁山宮 見史記並始皇所居

漢有長樂宮未央宮沛宮林光宮甘泉宮龍泉宮首山宮交門宮明光宮五柞宮萬歲宮池陽宮蒲陶宮竹宮壽宮建章宮黃山宮太一宮思子宮 見漢書長樂等宮或在京師或在外郡或在王所居或祠祀所在或因事以立也 夜光宮棠梨宮扶荔宮 見三輔黃圖 桂宮 見三輔故事 鼎湖宮宜春宮谷口宮望僊宮通天宮 見漢武故事 後漢有南宮北宮胡桃宮 見東觀漢記 魏有鄴宮 見魏略 吳有太初宮昭明宮 見吳誌 此諸宮皆範金合土而為之以為貴也 見禮記 亦猶天文之有紫宮文昌及五宮 見史記天官書 神

仙之有金玉琉璃宮矣見十洲記然自古宮室一也漢來尊者以爲帝號下乃避之也見風俗通禮記曰命士以上父子皆異宮又曰儒有一畝之宮環堵之室此則士庶通謂之宮矣

【事對】紫微 玄武樂汁圖徵曰天宮紫微宮北極天一太一鉤陳後宮也史記天官書曰北宮玄武虛危危爲蓋星

長樂 未央漢武故事曰建章長樂宮皆輦道相屬懸棟飛閣不由徑路漢書曰高祖七年至長安蕭何修未央宮

六星 五潢春秋文曜鉤曰魁戴匡六星曰文昌宮爲六府史記天官書曰咸池爲五潢

步高 望遠三輔黃圖曰京兆有步高宮又曰長安有望遠宮

望仙 集靈郭子橫洞冥記曰元封三年起望仙宮西岳記曰漢武帝巡省五岳禋祀豐脩故立宮其下號曰集靈宮

曜華 養德西京雜記曰梁孝王作曜華宮又趙王如意宮號曰養德宮

懸貝 張旗嚴助相兒經曰堯懸貝轂於塢宮漢書曰武帝置壽宮張羽旗以禮神君

幽房 昭臺河圖曰瑤光貫月感女嫗于幽房之宮生黑帝三輔黃圖云長安有昭臺宮

駁娑 逍遙漢宮閣名曰長安有駁娑宮高閭燕志曰慕容廆造逍遙宮

蒿柱 棠棃並見敘事

四寶 五柞西京雜記曰武帝爲七寶牀雜寶案前寶屏風列寶帳設於桂宮時人謂之四寶宮漢書武帝後元二年幸盩厔五柞宮張晏注曰有五柞樹因以名宮

逃夏 宜春越絕書曰今太守舍有春申君所造後殿屋以爲逃夏宮漢宮閣名曰長安有宜春宮

祈年 延壽漢宮閣名曰長安有祈年宮延壽宮

增城 脩池三輔黃圖曰七里宮增城宮增城宮在甘泉宮垣內長安有脩池宮

【賦】漢劉歆甘泉宮賦軼夌陰之地室過谷陽之增城迥天門而鳳舉躡黃帝之明庭冠高山而爲居乘崑崙而爲宮案軒轅之舊處居北辰之闕中背共公之幽都向炎神之祝融緣石闕之天梯桂木雜而成行芳肸蠁之依斐栞鸞孔飛而翱翔鳳皇止而集棲甘醴涌於中庭兮激清流之瀰瀰黃龍遊而蜿蟺兮神

龜沉而泥離宮特觀接比相連雲起波駭星布彌山高巒峻阻臨眺廣衍深林蒲葦■水清泉芙蓉菡萏菱芹蘋蘩豫章雜木梗松柞棫女貞烏勃桃李棗檍

詩 梁簡文帝新成安樂宮詩 遙看雲霧中刻桷映丹紅珠簾通曉日金華拂夜風欲知歌管處來過安樂宮

周明帝過舊宮詩 玉燭調秋氣金輿歷舊宮還如過白水更似入新豐秋潭漬晚菊寒井落疎桐舉杯延故老令聞歌大風

陳陰鏗新成長安宮詩 新宮實壯哉雲重裏望樓臺迢遞翔鵾仰連翩賀雀來重欄寒霧宿丹井夏蓮開砌石披新錦梁花晝早梅欲知安樂盛歌管雜塵埃

頌 梁沈約齊丹徒故宮頌 聖祖神傑堯蹤漢烈岳峻雄圖天張武節墜命既升覇略將騁清渭走烽濁河獻警恃峭劒闕憑深桂嶺爨章委闕禮樂沉河拯壓傾構引溺危波盡物稱瑞窮靈委和玄精翼日丹羽巢阿

銘 後漢李尤永安宮銘 合歡黄堂中和是遵舊盧懷本前果暢春候臺集道俾司星辰豐業廣德以協天人萬福來助嘉娛永欣

殿第四

敘事 蒼頡篇曰殿大堂也商周以前其名不載案史記秦始皇本紀始曰作前殿上可以坐萬人下可以建五丈旗漢書則有甘泉函德鳳皇明光皇門麒麟白虎金華諸殿 甘泉以下皆殿名 漢宮又有大夏長秋朱鳥玉堂飛雲昭陽鴛鸞銅馬蕭何曹參韓信諸殿後漢書有德陽溫明 在邯鄲 陽安華光諸殿洛陽宮殿簿有魏太極九龍芙蓉九華承光諸殿漢晉春秋有景福 在許昌 聽政 在鄴 諸殿晉宮閣名有靈圃白子虛泉清宴諸

殿洛陽故宮名云洛陽南宮有玉堂前殿黃龍殿翔平殿竹殿歷代殿名或沿或
革唯魏之太極自晉以降正殿皆名之摯虞決
疑要注云其制有陛右城左平平以文塼相亞
次城者爲階級也九錫之禮納陛以登謂受此
陛以上殿

事對

敬法 含章東觀漢記明德馬皇后嘗有不安時在敬法殿東廂上令太夫人及兄弟得入見洛陽宮殿簿曰太極殿近含章殿

曾城 蔬圃漢宮閣名長安有曾城洛陽宮殿簿曰蔬圃殿殿在華林園中

飛羽 披香廟記曰飛雨殿或云飛羽殿又曰長安有披香殿鴛鸞殿飛翔殿

聽政 宣德聽政殿見叙事三輔黃圖曰未央宮有宣德殿

嘉德 徽音洛陽故宮名曰洛陽宮有嘉德殿洛陽宮殿簿曰明光殿徽音殿

九華 百福洛陽宮殿簿曰九華殿百福殿

式乾 清暑洛陽宮殿簿曰式乾殿清暑殿

玉堂 銅柱漢宮閣名曰長安有玉堂殿銅柱殿

景福 延休洛陽宮殿簿曰永寧宮有景福殿安昌殿延休殿

賦

宋何尚之華林清暑殿賦逞綿亘之虹梁列彫刻之華榱網戶翠錢青軒丹墀若迺奧室曲房深沉幽密始如易循終然難悉動微物而風生踐椒塗而芳溢觸遇成宴暫游累日却倚危石前臨濬谷終始蕭森激清引濁涌泉灌於堦圯遠風生于楹曲暑雖殷而不炎氣方清而含青哀鶴唳暮悲猿啼晨靈芝被崖仙花覆沼

詩

隋江揔侍宴瑤泉殿詩水亭通枍詣石路接堂皇野花不識采旅竹本无行雀驚疑欲曙蟬噪似含涼何言金殿側亟奉瑤池觴

又侍宴臨芳殿詩鐘箭自徊皇堂薦羽杯橋平疑水落石迥見山開林前暝色靜花處近香來西嶺傷撫夕北閣濫游陪

銘

後漢李尤德陽殿銘皇穹垂象以示帝王紫微之側弘誕彌光大漢體天承以德陽崇弘高麗包受萬方內綜朝貢

外供退荒

陳徐陵太極殿銘 夫紫盖黄旗揚都之王氣長久虎踞龍蟠金陵之地體貞固天居爽塏大寢尊嚴高應端門仰模營室歸于有德譬彼河圖傳我休明義同商鼎太極殿者法氏象元王者之位以尊左平右堿天子之堂爲貴往朝煨燼多歷年所世道隆平宜其休復監軍鄒子度啓稱即曰忽有一大梓柱從流來泊在後渚岸差峩容與若漢水之仙槎搖漾波濤似新亭之龍剎孤拔靈山允彰天貺昔梁武承聖將圖繕修東虜窺江西胡犯蹕定之方中㮃興師旅揆之以日輒有災故是知秦人所止實漢祖而爲宮吴都佳氣乃元皇而斯宅千櫨赫奕萬栱崚嶒植綠芰而動微風舒丹蓮而制流火甘泉遠望睹正殿之崢嶸函谷遙看美皇居之佳麗信可以齊三光而示宇宙會萬國而朝諸侯爰命微臣乃爲銘曰雍疇相望參差未央偃師還望崔嵬德陽高押太一正觀琛光峩峩靈柱赫赫流章美矣宮室嘉哉今日御扆垂旒當朝清蹕樂備韶夏禮兼文質帝旅無諠王旗斯謐肅肅御士邕邕丞弼漢坐彫屏周人檻欞城隅有勒殿省皆銘況復皇寢宣昭國經方流典訓永樹天庭

樓第五

叙事 說文曰樓重屋也又釋名曰言牖戶諸射孔慺慺然也案漢書武帝時方士言黄帝爲五城十二樓以候神人又濟南人云玉帶上黄帝明堂圖圖中有一殿四面無壁以茅蓋通水圜宮垣爲複道上有樓從西南入蓋樓之始也其後魏有麗譙越有飛翼漢有井幹 並樓名也莊子曰魏武侯謂徐无鬼曰欲見先生久矣吾欲愛民而爲義偃兵其可乎徐无鬼曰不可愛民害之始也爲義偃兵造兵之本也君自此爲之則殆不成凡成美惡器君雖爲仁義幾且僞哉形固造形成固有伐也變固外戰君亦必無盛鶴列於麗譙之間注曰麗譙戰樓名也吴越春秋曰勾踐立飛翼樓漢書云武帝立井幹樓高五十丈

羽林亭樓 見漢書 馬

伯鶱樓貞女樓見漢宮闕名在長安魏有白門樓在下邳魏志曰呂布敗乃
登白門樓圍之急布下降遂生得布吳有白雀樓見吳紀晉有伺星樓儀
鳳樓翔鳳樓見晉宮閣名幽明錄云鄴城鳳陽門五層樓安金鳳皇二頭於其上石季龍將衰一頭飛
入漳河述異記云江下有黃鶴樓陶季直京都記曰宋華林園造景雲樓齊書云置鍾於景陽樓上令宮人聞鍾聲早起粧飾
且樓之所居也史記云仙人好樓居設具而候
神人墨子云城備三十步置坐候樓出堞四尺
百步一木樓樓前面九尺二百步一立樓去城
中二丈五尺又淮南子云亂之所由生者皆在
流遁大構架興宮室延樓棧道雞棲井幹欂木

欂櫨以相支持木巧之飾此遁於木也歷代營
建所不同也

事對

井幹 麗譙並見叙事 盤龍 儀
鳳鮑昭京洛篇曰鳳樓十二重四戶八綺窻綉桷金蓮花桂柱玉盤龍晉宮閣名曰總章觀儀鳳樓一所在觀上廣望
觀之兩極 五尋 百尺孫楚登樓賦曰有都城之百雉加層樓之五尋洛陽地記曰洛陽城內西北角
金墉城東北角有樓高百尺魏文帝造 望氣 候神蕭方等三十國春秋曰張華善天文解望氣元
康初嘗與鄱陽雷孔章共夜登樓而見一氣起牛斗間華謂孔章曰此何氣也對曰其寶劍乎史記曰方士言武帝曰黃帝為
五城十二樓以候神人 半城 出堞桓子新論曰更始帝到長安其大臣辟除東宮之事為下所非
笑但為小衛樓半城而居之以是知其將相非蕭曹之儔也出堞見墨子已具叙事 瞰蜺 翔鳳張衡
西京賦曰神明崛其特起井幹疊而百層峙游極於浮柱結重欒以相承瞰蜺虹之長鬐察雲師之所憑晉宮閣名曰總章觀

有翔鳳樓 凌雲 棲霞 世說曰凌雲臺樓觀極精巧先稱平衆材輕重當宜然後造搆乃无錯錙銖遞相負揭臺雖高峻恒隨風揺動而終无崩隕魏明帝登樓懼其勢危別以大材扶之樓即便頽壞論者謂輕重力偏故也盛弘之荊州記曰城西百餘步有棲霞樓宋臨川康王置 五層 百丈 幽明録曰鄴城鳳陽門五層樓郭子曰殷中軍廢後恨簡文曰上人著百丈樓上擔梯將去

賦 晉孫楚登樓賦 有都城之百雉加層樓之五尋從明王以登遊聊暇日以娛心鳴鳩拂羽於桑榆游鳧濯翅於素波牧豎吟嘯於阡陌舟人鼓棹而揚歌百寮雲集從坐華臺嘉肴滿俎旨酒盈杯談三墳與五典釋聖哲之所裁

詩 梁簡文奉和登北顧樓詩 春陵佳氣地濟水鳳皇宮況此徐方域川岳邁周灃皇情愛歷覽游陟擬崆峒聊驅式道候无勞襄[illegible]童霧崖開早日晴天歇蜺虹去帆入雲裏遙星出海中 梁沈約登玄暢樓詩 危峯帶北阜高頂出南岑中有凌風榭迴望川之陰崖險每增減湍平互淺深水流本三派臺高乃四臨上有離羣客各有慕歸心

落暉映長浦煥景燭中潯雲生嶺片黒日下溪半陰信美非吾土何事不抽簪 梁劉孝綽登陽雲樓詩 吾在陽臺上非夢高唐客迴首望長安千里懷三益顧惟慙入楚殊私等申白西阻水潦收昭丘霜露積龍門不可見空慕凌霜栢

銘 宋鮑昭凌煙樓銘 睇江列楹望景延除積清風路含采煙塗俯窺淮海俛眺荊吳我王結架藻思神居宜此萬春脩靈所扶

臺第六

敘事 釋名云臺持也言築土堅高能自勝持也 案山海經有軒轅臺 山海經曰西王母之山有軒轅臺射者不敢西向畏軒轅之臺 帝堯臺帝舜臺 在崑崙山東北 其後夏有璿臺鈞臺 歸藏曰夏后啓筮享神於晉之靈爲作璿臺又曰享神於大陵而上鈞臺 殷有鹿臺 尚書曰散鹿臺之財史記曰紂厚賦以實鹿臺 南單臺 晉束晳汲冢書抄云周武王親禽受於南單之臺 周有

靈臺淮南子云文王築靈臺 重璧臺見穆天子傳 秦有章臺見史記

鳳皇臺見列仙傳 望海臺見齊地記 琅邪臺史記云始皇作琅邪臺刻石頌德

漢有栢梁臺漸臺武帝作 神明臺八風臺思子臺並見漢書 後漢有雲臺見東觀漢記 魏有銅雀臺金臺冰井臺淩雲臺南巡臺九華臺見魏志 吳有釣臺見吳志

晉有崇天臺織室臺見晉宮閣名 此其略也又五經異義曰天子有三臺靈臺以觀天文時臺以觀四時施化囿臺以觀鳥獸魚鼈諸侯卑不得觀天文無臺但有時臺囿臺也

事對

五仞 九層 說苑曰楚莊王築五仞之臺 老子曰九層之臺起於累土

觀天 望月 劉向洪範五行傳曰天子曰靈臺諸侯曰時臺所以觀天文之變 郭子橫洞冥記曰武帝升望月臺南端有三鴨羣飛俄而下臺帝悅之至夕鴨宿臺端

候日 揆星 趙曄吳越春秋曰范蠡起游臺於怪山以爲靈臺仰觀天文候日月之變怪 白虎通曰天子立靈臺所以考天人之際蔡陰陽之會揆星度之驗

十成 九累 楚詞曰璜臺十成誰所極焉 尸子曰瑤臺九累而堯白屋

柏寢 匏居 韓子曰景公與晏子游少海登柏寢之臺望其國曰美哉堂堂乎 國語曰楚靈王爲章華之臺與五舉登焉曰臺美夫對曰先君莊王爲匏居之臺高不過望國氛大不過容宴豆民不廢時務官不易朝常今君爲此臺民罷財盡數年而成諸侯莫至若君謂此美楚其殆矣 賈逵注曰匏居高臺名

堯巡 夏享 王韶之始興記曰含洭縣有堯山堯巡狩至於此立行臺也 左傳曰夏啓有鈞臺之享

記禮 藏書 漢書藝文志曰曲臺后蒼記九篇 如淳注曰行禮射於曲臺后蒼爲記故曰曲臺記 司馬彪續漢書曰靈

臺者乃周家之所造臺也圖書術藉珍玩寶怪皆所藏也 窺天 望海 陸賈新語曰楚靈王作乾溪之臺五百仞之高欲登浮雲窺天文伏琛齊地記曰平壽城西北八十里有平望亭亦古縣也或云秦始皇為望海臺 銅雀 金鳳 魏志曰建安十五年冬太祖乃於鄴作銅雀臺漢武故事曰漸臺高三十丈南有璧門三層內殿階陛咸以玉為之鑄銅鳳皇高五丈飾以黃金棲屋上 戲馬 鬭雞 劉澄之山川古今記曰彭城西南有戲馬臺郭緣生述征記曰廣陽門北有鬭雞臺 慕許 懷清 戴延之西征記曰許昌城本許由所居也大城東北九里有許由臺高六丈廣三十步由耻聞堯讓而登此山邑人慕德故立此臺史記曰寡婦清先得丹穴而擅其利數葉家亦不訾清寡婦也能守其業用財以自衛不見犯秦皇帝以為貞婦為築女懷清臺 一柱 百梁 張華博物志曰江陵有臺甚大而唯有一柱衆梁皆共此柱漢書曰元鼎二年春起百梁臺服虔注曰用百梁作臺因名之 朝漢 望齊 沈懷遠南越志曰熙安縣東南有固岡高數十丈岡西面為羊腸道說者云尉陀登此望漢

而朝宗故曰朝漢臺史記曰趙武靈王為野臺以望齊中之境徐廣注曰野一作望 清泠 栝詣 酈元注水經曰睢陽縣中有掠馬臺臺東有曲池池東有一臺謂之清泠臺張衡西京賦曰栝詣承光皆臺名 梁吹 蜀琴 酈元注水經曰陳留縣有倉頡師曠城上有列仙吹臺梁王曾築以為吹臺王褒益州記曰司馬相如宅在州西笮橋北百許步李膺云市橋西二百步得相如舊宅今梅安寺南有琴臺故墟 越賀 蜀卜 吳越春秋曰越王平吳後立賀臺於越蜀記廣漢郡有嚴君平卜臺

賦

魏陳思王曹植登臺賦

從明后而嬉游聊登臺以娛情見天府之廣開觀聖德之所營建高殿之嵯峩浮雙闕乎泰清立沖天之華觀連飛閣乎西城臨漳川之長流望衆果之滋榮仰春風之和穆聽百鳥之悲鳴天功怛其既立家願得而雙呈揚仁化於宇宙盡肅恭於上京雖桓文之為盛豈足方乎聖明休矣美矣惠澤遠暢翼佐皇家寧彼四方同天地之矩量齊日月之暉光

梁簡文帝琴臺詩

蕪階踐昔徑復想鳴琴游音容万卷罷高名千載留弱枝生古樹舊

石抗新流由來近相嘆逝川終不收

梁庾肩吾過建昌故臺詩魯國遺殿餘城想舊臺仲宣原隰滿子建悲風來夏蓮猶反植秋窓尚夻開圖雲仍溜雨書石即生苔及君歎四望知余念七哀

陳祖孫登宮殿名登臺詩獨有相思意耶■鳳皇臺蓮披香稍上月明光正來離鵲將雲散飛花似雪迴遥思休林友前窓夜夜開

銘

後漢李尤雲臺銘周氏舊居惟漢襲因崇臺嶆巘上礙蒼雲垂示億載俾率舊章人循其行而國其昌

堂第七

敘事

釋名曰堂謂堂堂高明貌也案禮記天子之堂九尺諸侯七尺大夫五尺士三尺尚書大傳云天子之堂高九雉公侯七雉子男五雉雉長三丈歷代之堂論衡云墨子稱堯舜堂高三

尺帝王世紀曰武王入殷登堂見美玉曰誰之玉或曰諸侯之玉也王取而歸之天下聞之曰王廉於財矣漢武故事有玉堂去地十二丈漢書云成帝生甲觀中畫堂東觀漢記曰光武生有赤光堂中盡明如晝續漢書云靈帝造萬金堂於西園魏名臣奏有鄴吳堂水經注有魏芓堂見酈善長水經注晉宮闕名有堯母堂永光堂長壽堂見晉宮閣名在郡國魯城北有孔子學堂見國都城記蜀有文翁講堂見華陽國志北海有鄭玄儒林講

鱣集　鳳棲　袁山松後漢書曰楊震好學講書有鸛雀銜三鱣魚飛集講堂前都講進曰蛇鱣者大夫之象也數有三者法三台也先生自此昇矣潘尼詩曰鸞鳳棲堂廡

徽音　嘉德　洛陽宮殿簿曰徽音堂又曰嘉德堂

虛德　脩成　洛陽宮地記曰洛陽有虛德堂脩成堂

去地　冠山　漢武故事曰玉堂去地十二丈以見敘事班固西都賦曰樹中天之華闕豐冠山之朱堂

李中　桃間　和包漢趙記曰劉聰嘉平三年廷尉陳元達極諫聰怒將斬之聰時幸逍遥園李中堂元達抱堂下樹叫曰臣所言社稷之計聰勉聽之於是易李中堂爲愧賢堂洛陽宮殿簿曰洛陽有樹間堂皇杏間堂皇柰間堂皇竹間堂皇李間堂皇魚梁堂皇醴泉堂皇百戲堂皇

樹椅　植栢　何尚之清暑殿賦曰其西則堂皇傅敞正鵠是施帶以緑流樹以青椅洛陽記曰洛陽山中都亭堂皇大小屋五十間植五果木竹栢之屬有五千七百二十九株

九華　一百戲　洛陽宮殿簿有九華芳香琴堂又有百戲堂皇

鍊丹　光碧　宋永初山川古今記曰縉雲堂黃帝鍊丹

十洲記曰光碧堂西王母所居並見叙事高三尺　遠百里並見叙事【賦】隋江
揔雲堂賦覽黃圖之棟宇規紫宸於太清何面勢之膠葛信不日之經營仰一時之壯麗跨萬古之威靈
吐觸石之奇色混高臺之舊名若乃三階八戶百栱千櫨瑩以玉琇飾以金英綠芰懸揷紅蕖倒生於時木葉聲寒壺人唱靜
承露擎虛相風昭迥天子乃下輦開讌出豫娛神文懸日月思華風塵寔附鳳之多幸愧屠龍之不真【詩】梁庾
肩吾賦詠䟽圃堂詩北宮多暇豫時駕揔鑾鑣路靜繁葭澈輪移羽蓋飄臨空坐飛觀迴
首望浮橋風長曙鍾近地遠洛城遙踈林不礙日迴浦暫通潮徒然奉賓從並作愧群僚隋煬帝宴東
堂詩雨罷春光潤日落暝霞暉海榴舒欲盡山櫻開未飛清音出歌扇浮香颺舞衣翠帳全臨戶金屏半隱扉風花
意無極芳樹曉禽歸唐虞世南侍宴歸鴈堂詩歌堂面淥水舞館接金塘竹開霜後
翠梅動雪前香鳧歸初可侶鴈起欲分行刷羽同棲集懷恩愧稻粱【頌】晉庾闡樂賢堂頌

峩峩層構岌岌其峻階延白屋寢登髦俊神心所寄莫往非順靈圖表象平敷玉潤游虬一整棲鸞一叢川澄華沼樹拂椅桐
林有晨風翮有西雍高觀迴雪踈飈倚窻仰瞻崑丘俯懷明聖玄珠雖朗離人莫映清風徘徊微言絕詠有邈高構末廓靈命

宅第八

【叙事】釋名曰宅擇也言擇吉處而營之也
周禮凡任地國宅無征鄭衆注云國宅城中宅
無征無稅也又尉繚子曰天子宅千畝諸侯百
畝大夫以下里舍九畝歷代之宅戴延之西征
記曰蒲坂城外有舜宅瀨鄉記云譙城西有老
子宅瀨鄉記曰老子祠在瀨鄉曲仁里譙城西出五十里廣北二里李夫人祠是老子所生舊宅漢書
云魯有孔子宅漢書曰魯恭王壞孔子舊宅以廣宮室聞鍾磬琴瑟之聲遂不敢壞於其壁中得古

文經傳 水經注云齊城北門外有晏嬰宅 見酈元水經注左傳

曰齊景公欲更晏子之宅公曰子之宅近市湫隘囂塵請更諸爽塏辭曰君之先臣容焉於臣侈矣且小人近市朝夕得所求

小人之利也 荊州記云宛有伍子胥宅 見范荊州記 注 秭歸縣

有屈原宅 見庾仲雍荊州記 義陽安昌有漢光武宅 見范注荊州

記東觀漢記曰建武十七年幸章陵脩園廟舊宅田里舍 宅亦曰第言有甲乙之次

第也 漢書曰高祖詔列侯食邑者皆賜大第室吏二千石受小第室注云有甲乙次第故曰第 一曰出

不由里門面大道者名曰第爵雖列侯食邑不

滿萬戶不得作第其舍在里中皆不稱第 見魏王奏

事漢書曰夏侯嬰以大僕事惠帝高后德嬰之脫孝惠魯元於下邑間乃賜嬰北第第一曰近我以尊異之張放以公主子取

皇后弟平恩侯嘉女成帝賜甲第哀帝爲董賢起大第北闕下

東觀漢記曰竇氏一公兩侯三公主四二千石相與並代自祖

及孫官府邸宅相望漢紀曰梁冀於洛陽城內起甲第魏志云

明帝特爲舅孫甄暢起大第舍晉紀曰琅邪王道子開理東第

此第宅之事也 事對 萬里 千畝 司馬相如大人賦曰時有大人兮在

乎中洲宅彌萬里兮曾不足以少留悲時俗之迫隘兮朅舉足而遠游千畝事以見敘事 膏腴 爽塏

荀悅漢書曰武安田蚡營宅舍甲第必極膏腴堂羅鐘鼓左傳曰齊景公欲更晏子之宅於爽塏 相友 讓

親 吳志曰周瑜與孫策同年相友善瑜推道南大宅以舍策升堂拜母有无通共謝承後漢書曰沈輔字伯禽會稽山

陰人也輔少儉約身以礼喪父服闋推讓祖考財產田宅與親貧不足者 蕭居 晏卜 漢書曰蕭

何爲相国買田宅必居窮巷僻處爲家不脩垣屋曰令後代賢師吾儉不賢无爲勢家所奪左傳曰齊景公欲更晏子之宅晏

子如晉公更其宅反則成矣既拜乃毀之爲里室皆如其舊則使宅人返之曰諺曰非宅是卜唯鄰是卜二三子先卜鄰矣違

卜不祥君子不犯非礼小人不犯不祥卒復其舊

推貧 贍老 推貧事見上讓親注崔鴻後燕錄曰封衡字百華中書監裕之子也輕財好施年十餘歲見一老父荷擔于路引歸問之父曰宣子一飯著名春秋宜給宅一區奴一口日供贍以終其年裕高其志而從之

孔瑟 何金 孔瑟見叙事干寶搜神記曰魏郡張氏大富忽衰老財散賣宅與程應應舉家病賣與何文文先獨持大刀暮入北堂梁上一更中有一人長丈餘高冠赤幘呼曰細腰■腰應諾何以有人氣荅无便去文向呼處因問向赤衣冠謂誰荅曰金也在屋西壁下問君誰荅云我杵也今在竈下文掘得金三百斤燒去杵由此大富

定鄰 面道 楊泉物理論曰處宅者先定鄰焉面道事見叙事

譙郡西 齊城北 譙郡西老子宅齊城北晏子宅並見叙事

霍辞 薛讓 漢書霍去病曰匈奴未滅臣無以家為遂辞其第宅又漢薛苞兄弟要分苞悉推其田宅奴婢

詩

唐太宗文武聖皇帝過舊宅詩 新豐停翠輦譙邑駐鳴笳園荒一徑斷臺古半階斜前池消舊水昔樹發今花一朝辞此地四海遂成家

隋江揔歲暮還宅詩 悒然想泉石駐駕出樊臺訪竹春前筍驚花雪後梅青山殊可對黃卷復時開長繩豈繫日濁酒傾一盃

又南還尋草市宅詩 紅顏辞鞏洛白首入轘轅乘春行故里徐步採芳蓀逕毀悲仇仲林殘憶巨源見桐猶識井看柳尚知門花落空難徧鸎啼靜易諠无人訪語默何處叙寒温百年獨如此傷心豈復論

隋元行恭過故宅詩 頹城百戰後荒邑四鄰通將軍戟已折步兵途轉窮吹臺有山鳥歌庭聒野蟲草深斜徑滅水盡曲池空林中滿明月是處來春風唯餘一廢井尚夾兩株桐

唐楊師道還山宅詩 暮春還舊嶺徙倚翫年華芳草无行逕空山正落花垂藤掃幽石卧柳礙浮槎鳥散茅簷靜雲披澗戶斜依然此泉路猶是昔煙霞

啓

梁元帝謝勑賜第宅啓 切以漢錫五倫實云清吏魏寵衛臻用旌庸直未如靈光輪奐睢陽爽塏北連城闕有似甄矦之[illegible]東望市鄽榮深豫章之門昔狼望未平冠車辞第馬兒猶隔雍丘讓邸臣慙曹霍遂志但識君命无違再思庸

陋九殞非谷

銘 晉習鑿齒諸葛武侯宅銘 達人有作振此頹風彫薄蔚采鴖爛惟豐義範蒼生道格時雍自昔爰止於焉龍盤躬耕西畝永嘯東巒跡逸中林神凝巖端罔窺其奧誰測斯歡堂堂偉道婉融陽朝傾岩搜寶高羅九霄慶雲集矣鑾駕三招

庫藏第九

叙事 釋名曰庫舍也舍也者言物所在之舍也又說文曰庫兵車所藏也帑台黨反金布所藏也故藏之爲名也謂之庫藏焉帑藏見漢書凡安國治民從近制遠者必先實之見吳越春秋故天有天庫藏府之星春秋文耀鉤曰軫南衆星曰天庫又韓楊天文要集曰天積者天子藏府也王者審五庫之量禮記曰季春之月審五庫之量一曰車庫二曰兵庫三曰祭器庫四曰樂庫五曰宴器庫見蔡邕月令章句一曰湯武破桀紂海內無患築五庫藏五兵見商君書則魯梓愼登大庭氏之庫以望見左傳杜預注大庭氏是古國名在魯城內於其處作庫漢高祖七年蕭何立東闕前殿武庫見漢書又更始至長安御府帑藏武庫皆安堵如故見東觀漢記蓋此五庫也或曰王者藏於天下諸侯藏於百姓農夫藏於囷庾商賈藏於篋匱見韓詩外傳鍾會芻蕘論曰國之稱富者在乎豐民非獨謂府庫盈倉廩實也且府庫盈倉廩實非上天所降皆取

之於民民困國虛矣 事對 寶臺 珠府 韓詩外傳曰晉平公藏寶之臺燒救火三日三夜乃止之公子晏賀曰臣聞王者藏於天下諸侯藏於百姓農夫藏於囷庾商賈藏於篋匱今百姓藏於外而賦斂无已昔桀紂殘賊爲天下戮今皇天降災於藏臺是君之福也韓陽天文要集曰離珠五星在須女北離珠爲藏府也

宴器 禁兵 蔡邕月令章句曰審五庫之量者審所用多少也五庫五曰宴器庫已見叙事 謝承後漢書曰靈帝光和中武庫屋自壞司隸許永上書曰武庫禁兵所在國之禁爲災深也

天潢 御府 春秋文耀鉤曰咸池曰天潢五帝車舍也宋均注曰舍庫也五帝車之庫府御府以見叙事

聚甲 藏金 焦贛易林曰武庫軍府甲兵所聚非邑非里不可以處許慎說文云帑金布所藏也

魚集屋上 龍見井中 魏志曰嘉平中魚二集於武庫屋上晉書曰太康年二龍見于武庫井中

銘

後漢李尤武庫銘 博噬爪牙鋒距之先毒螫芒刺矛矢以存聖人垂象五兵已陳

晉摯虞武庫銘 有財無義惟家之殃無愛糞土以毀五常

門第十 叙事 釋名云門捫也言在外爲人所捫摸也又說文曰門從二戶象形也閶闔天門也說文曰楚人名門曰閶闔角亦天門也見韓楊天文要集皐門庫門雉門應門路門天子門也鄭玄禮記注云天子五門皐雉庫應路魯有庫雉路則諸侯三門一曰王之正門曰應門郭門曰皐門見爾雅及毛萇詩注內至禁省爲殿門外出大道爲掖門見應劭漢書注掖者言在司馬門之旁掖王行幸設車宮轅門帷宮旌門無宮則供人門見周官鄭玄注曰次車爲藩則卬車轅以表門張帷爲宮則樹旌以表門陳列周衛則立長人以表門 司

門掌授管鍵以啓閉國門見周官　閈城外郭內之里門也見風俗通閈扞也言爲人藩屏以扞難也　閻里中門也闠市外門也見說文　長安有宣平門萬秋門橫門東都有宣德門禮成門青綺門章義門仁壽門壽城門見漢宮殿名　又有章城門直城門洛城門見三輔黃圖　洛陽有上西門廣陽門津門小苑門開陽門中東門上東門司馬門北闕門玄武門南掖門北掖門東掖門西掖門止車門南端門金門九龍門白虎門春興門青瑣門金商門雲龍門神武門宜秋門見洛陽故宮記　又有大夏門長春門朱明門青陽門見晉宮閣名　大夫重門擊柝以待暴客蓋取諸豫見周易又曰艮爲門闕　大夫士出入君門由闑右不踐閾凡與客入者每門讓於客客至於寢門則主人請入爲席主人入門而右客入門而左見禮記　其門名有正門重門通門衡門璧門禁門毛詩曰衡門之下可以棲遲淮南子曰周文王作玉門言以玉飾也漢書曰太液池南有璧門禁門以見上

事對

濯龍　飛兎　袁宏漢紀曰建初二年有司依舊典[redacted]封諸舅太后詔曰前過濯龍門上見外家車如流水馬如龍吾亦不譴怒之但絕其歲用冀知默止洛陽故宮名曰洛陽有飛兎門

青綺　黃金　漢宮殿名長安有青綺門樂歌曰黃金爲君門白玉爲君堂

含章 建禮 洛陽故宮名曰洛陽有含章門又曰建禮門 銅龍 金馬 漢書
曰成帝為太子謹慎初居桂宮上急召太子出[illegible]樓門不敢絕馳道張晏注曰門樓上有銅龍也張瑩漢南紀曰馬援奏曰武
帝時善相馬者鑄作銅馬法獻之有詔立馬於魯班門外則更名曰金馬門 聽政 登賢 劉澄之宋
末初山川古今記曰魏武聽政殿前有聽政門魏武帝槐賦序曰王粲直登賢門 西暑 東陽 淮南
子自東北方土山曰蒼門東南方曰波母之山曰陽門南方曰南極之山曰西暑門晉宮闕名曰洛陽城東門曰東陽門
廣德 明禮 洛陽故宮名曰洛陽有廣德門又曰明德門 銅馬 石牛 史記
曰金馬門者署門旁有銅馬故謂之金馬門常璩華陽國志曰秦孝王以李氷為蜀守氷作石犀五頭以厭水精一在市橋門
今所謂石牛門 清明 閶闔 酈元注水經曰咸陽本離宮東出北頭第二門本名清明門又曰閶闔漢
之西上門 定鼎 望鍾 古今地名曰河南有定鼎門洛陽故宮名洛陽有望鍾門 仁壽

神仙 漢宮殿名曰長安有仁壽門洛陽故宮名曰洛陽有神仙門 含德 承明 洛陽故宮
名曰洛陽有含德門晉宮閣名曰洛陽城有承明門 南端 北掖 並見敘事 敬法 崇
禮 洛陽故宮名曰洛陽有敬法門晉宮閣名曰洛陽有崇禮門 却非 會福 洛陽故宮名曰
洛陽有却非門又曰會福門 析羽 印車 何尚之奏曰王有九旗析羽為門謂之旌門猶以車為門
謂之轅門周禮掌舍掌王之會同之舍設梐枑再重設車宮轅門鄭玄注曰謂王行次車以為藩則印車轅表門 授
管鍵 脩闔扇 周禮司門掌受管鍵以啟閉國門禮記曰仲春之月脩闔扇 建春
宜秋 酈元注水經曰穀水東經建春門石橋下即上東門也一曰上升門晉有建陽門洛陽故宮名曰洛陽有宜秋
門 雲龍風虎 萬春千秋 酈元注水經曰神獸門東對雲龍風虎一門衡栿之上皆
刻雲龍風虎之狀洛陽宮舍記曰洛陽有萬春門千秋門 詩 陳何胥賦得待詔金

馬門詩漢家一統軌齊萬國朝飛纓拂[redacted]霧輕輦逐晨飈槐衢映緑綟日彩麗金貂此時桼待詔誰復想漁樵

銘 後漢李尤門銘門之設張爲宅表會納善閑邪擊柝防害又中東門銘中東處仲月值當卯鶡鴠有声鷹隼匿爪除去桎梏獄訟勿考又開陽門銘開陽在孟位月惟巳清明冠節太陽進起又津城門銘名有定位惟月在未温風鬱暑鷹鳥習鷙又廣陽門銘雍門處中位月在酉盲風寒濁鴈歸山阜又夏城門銘夏門值孟位月在亥陰陽不通蝃蝀匿彩迎冬北壇從陰所在又穀城門銘穀門北中位當于子太陰主刑殺伐爲始

祝文 後魏温子升閶闔門上梁祝文惟王建國配彼太微大君有命高門啓扉良辰是簡枚卜无違彫梁乃架綺翼斯飛八龍杳杳九重巍巍居宸納祐就日垂衣一人有慶四海爰歸

牆壁第十一

叙事 爾雅曰牆謂之墉廣雅曰墉垣牆也釋名云牆障也所以自障蔽也垣援也人所依阻以爲援衛也墉容也所以蔽隱形容也案淮南子舜作室築牆茨屋令人皆知去巖穴各有家室此其始也尚書大傳云天子賁庸諸侯疏杼鄭玄注曰賁大也言大牆正直也疏衰也杼亦牆也言衰殺其上下不得正直新序曰諸侯垣牆有黝堊无丹青之色又左傳云有牆以蔽惡神異經曰西北荒外大夏山有宮以黄金爲牆南方荒外冏明山有宮以赤石爲牆西南荒外老壽山有宮以黄銅爲牆東南荒外閶清山有宮以青石爲牆西方荒

外西明山有宮以白石爲牆南州異物志曰大
秦國以瑠璃爲牆則其事也釋名又云壁辟也
言辟禦風寒也漢書曰魯恭王餘壞孔子舊宅於
壁中得古文經傳又司馬相如家成都徒四壁
又趙婕妤居昭陽舍殿壁帶往往爲黃金釭後
漢記琅邪王京好宮室殿館壁帶飾以金銀
漢官典職漢省中皆胡粉塗壁畫古烈士則其
事也其名牆有雕牆見尚書 高牆緣垣長崇垣壁
有粉壁紅壁見楚詞 皓壁見曹植表 瓊壁見張協七命 銀壁見漢武故事

事對

千仞 九丈焦贛易林曰千仞之牆禍不入門孟奧北征記曰鄴城避雷室西南石溝北有華林牆高九丈方圓一里

刻字 藏書葛洪神仙傳曰白和遼東人師事王君君語和曰我昔往瀛洲汝止此石室熟視北壁久久當見壁上有文字讀之得矣和視三年方見壁有古人所刻太清經誦之而得仙孔安國尚書序曰魯共王好治宮室壞孔子舊宅以廣其居於屋壁中得先人所藏虞夏商周之書

及肩 蔽目論語曰賜之牆也及肩焦贛易林曰豫之坎牆高蔽目

丹青 紫素劉向新序曰諸侯垣牆有黝堊之色无丹青之彩蔡質漢官典職曰省中皆以胡粉塗壁紫素界之畫古烈士也

堯像 禹文家語曰孔子觀四門之墉有堯舜桀紂之像而各有善惡之狀興廢之戒衡山記曰甘泉東有石壁禹所刻文在此

青石 黃金見東方朔神異經及漢書並見敘事

被繡 飾銀漢書曰賈誼云黼繡古天子之服也今富人大賈嘉會召客者以之被牆壁華歆後漢書曰琅邪王京都莒好宮室殿館壁帶皆飾以金銀已見敘事

引光 挂詔 西京雜記云匡衡勤學而无燭鄰舍干不得衡乃穿壁引其光以書映而讀之崔寔正論曰今典州郡者自違詔書縱意出入故里語曰州郡詔如霹靂得詔書但挂壁 畫烈士 刻忠臣 畫烈士見漢官典職已具叙事戴延之西征記曰焦氏山魯恭塚前有石祠四壁皆有青石隱起忠臣孝子貞婦形像像邊皆刻石記碑文

【詩】宋之問詠省壁畫鶴詩 粉壁畫仙鶴昂藏真氣多騫飛竟不去當是恋恩波

【彈文】梁沈約奏彈御史孔稾題省壁悖慢事 謹案奉朝請臺侍御史臣孔稾海斥无聞謬列華省假攝去來仕子常務况東皐賤品非藉豐資旬日暫勞豈云早辱而肆此醜言題勒禁省比物連類非所宜稱黜之流伍寔允朝憲臣等參議請以見事免稾所居官輒下禁止

苑囿第十二

【叙事】風俗通曰苑蘊也言薪蒸所蘊積也說文曰苑有園曰囿囿猶有也呂氏春秋曰昔先王之爲苑囿園池也足以觀望勞形而已矣非好儉節乎性也故周有靈囿 毛詩曰王在靈囿毛萇注云囿所以養禽獸也天子百里諸侯四十里 國游 周禮曰囿人掌國游之獸禁鄭玄注云國之離宮小苑游觀處 漢有上林樂游博望黃山後漢有鴻德畢圭靈昆廣成諸苑 見漢書及後漢書後漢紀 晉有平樂鹿子桑梓諸苑 並在洛陽見晉宮名及河南十二境簿 或曰囿有林池所以禦災也其餘莫非穀土 見國語 及其衰也馳騁游獵以奪人之時勞人之力也 見淮南子 故漢書東方朔曰務苑囿之大不恤農時所以強國富人者蓋此謂也其

名苑有天苑禁苑上苑囿有君囿靈囿上囿**事**

對 黃山 白水 漢書曰霍雲當朝請數稱病私出多從賓客張圍獵黃山苑陶季直京邦記曰覆舟山周迴二十許里有林名白水苑 取獸 戲狐 衛宏漢舊儀曰上林苑中廣長三百里置令丞左右中部尉百五十亭苑苑中養百獸當祠祀其客用鹿麑天子秋冬射獵苑中取禽獸无數張景陽七命曰苑戲九尾之狐囿栖三足之烏 因原 跨谷 班固東都賦曰因原野以作苑順流泉而爲沼發蘋藻以潛魚豐蒲草以育獸張衡西京賦曰上林禁苑跨谷彌皐東至鼎湖邪界細柳 甘泉 上林 三輔黃圖曰甘泉苑中起仙人觀緣山谷行至雲陽三百八十一里入右扶風凡周匝五百四十里衛宏漢舊儀云上林苑中廣長三百里離宮七十所皆容千乘萬騎 鴻德 廣成 東觀漢記曰桓帝延禧元年置鴻德苑薛瑩後漢記曰靈帝光和五年校獵廣成苑 高望 漢平 後漢書曰永初六年詔越巂置長利高望始昌三苑又令益州置萬歲苑犍爲置漢平苑 思賢 博望 西京雜記曰文帝爲太子立思賢苑以招賓客漢書曰戾太子既冠就宮爲立博望苑使通賓客 桑梓 桂林 河内十二境簿曰洛陽城西有桑梓苑陶季直京邦記曰建康縣北漢朝爲桂林苑 養獸 射鴻 說文曰苑有園曰囿一曰養禽獸曰囿左傳曰衛獻公射鴻于囿 月祭 秋築 大戴禮曰正月祭非囿非囿者園之藩者左傳曰成公十八年秋築鹿囿書不時也

詩 梁紀少瑜遊建興苑詩 丹陵抱天邑紫泉更上林玉臺極百尺銀樹起千尋水流冠蓋影風湯歌吹音踟蹰憐拾翠顧步惜遺簪日落庭光轉方幰屢移陰願言樂未極不道愛黃金

陳釋洪偃遊故苑詩 龍田留故苑汾水結餘波悵望傷游目辛酸思緒多寒煙憏高樹凝露變輕蘿澤葵猶帶荇池竹尚侵荷秋風徒自急无復白雲歌

盧藏用奉和立春游苑詩 天游御蹕馹城闉上苑遲光晩更新瑶臺半入黃山路玉檻傍臨玄灞津梅香欲待歌前落蘭氣先過酒上春幸預百臺稱獻壽願陪千畝及農辰

沈佺期奉和立春游苑詩　東郊暫轉迎春仗上苑初飛行慶盃風射狐氷千片斷氣衝魚鑰九關開林中覓草方知茘殿裏爭花併是梅歌吹銜恩歸路晚棲烏半下鳳城來

園圃第十三

叙事　說文曰園樹果也圃樹菜也按天文要集曰匏瓜爲天子果園又天園主果實菜茹蓄儲史記有梁園漆園楚橘柚園三秦記有漢果園（三秦記云漢武帝果園有大栗）魏志有芳林園桐園（芳林後避少帝諱故曰華林園）晉宮閣名有靈芝園蒲陶園此皆因草木樹果以立名也又有玄圃（見莊子山海經有玄圃）疏圃（見淮南子）瓜圃（見瑣語）葦圃花圃竹圃（見水經注）唐圃（見呂氏春秋）此雖因草木而立亦隨事以名之

事對　靈芝　仙蕙（靈芝已具叙事王子年拾遺記曰崑崙山第三層下有芝田蕙圃皆數萬頃羣仙種耨焉）

蒲陶　苜蓿（晉宮閣名曰洛陽宮有瓊圃園靈芝石祠園鄴有鳴鵠園蒲陶園郭仲產仇池記曰城東有苜蓿園）

濯龍　鳴鵠（司馬彪續漢書曰濯龍園在洛陽西北角晉宮閣名曰鄴有鳴鵠園）

步輦　飛蓋（魏文帝校獵賦曰登路寢而聽政揔群司之紀綱逍遥後庭休息閑房步輦西園閑坐玉堂曹植詩曰公子敬愛客終宴不知疲清夜游西園飛盖相追隨）

樹桃　毓果（毛詩曰園有樹桃其實之肴周官九職二曰園圃毓草木）

請善　假貧（史記曰王翦爲秦將伐楚請善田宅園池甚衆東觀漢記曰孝和元年詔有司京師離宮園池悉以假貧人也）

持鋤　得印（漢書孫寶爲京兆尹署侯文爲東部督郵灞陵杜稺季杜門不通水火持鋤自理園不敢犯法後漢紀曰桓帝時沛國戴翼鉏園得黃金印）

法眞不窺　范丹

光日移花色異風散水文長

園詩春光起麗譙屧步陟山椒閣影臨飛蓋鸎鳴入洞簫水還登故渚樹長合前橋綠荷生綺葉丹藤上細苗顧循慙振藻何用擬瓊瑤

【頌】晉潘尼後園頌

茫茫在昔悠悠結繩大樸未散玄化霑凝羲皇繼踵三代相承五德更王文質迭興天命匪諶祐謙輔信乃眷我皇光有大晉應期納祚天人是順和氣四充惠澤旁潤神祇告祥四靈效質遊龍升雲儀鳳翳日甘露晨流醴泉涌溢華夏既寧八荒靜謐人亦有言吾何以休乃延卿士從皇以遊長筵遠布廣幕四周嘉肴惟芳旨酒思柔岩岩峻岳湯湯玄流翔鳥鼓翼游魚載浮明明天子肅肅庶官文士濟濟武夫桓桓講論華林肆射後園威儀既具弓矢斯閑恂恂謙德穆穆聖顏賜以宴食詔以話言黍稷既登貨財既豐仁風潛暢皇化彌崇征夫釋甲戰士罷戎遐夷慕惠絕域望風无或慢易在始慮終无或安逸在盈思冲

道路第十四

【叙事】釋名曰道蹈也路露也言人所

略而露見也案爾雅一達謂之道路二達謂之歧旁（歧道旁出也）三達謂之劇旁（旁出歧多故曰劇）四達謂之衢五達謂之康六達謂之莊（康樂也莊盛也言交道康樂繁盛）七達謂之劇驂（驂馬有四今此有七比之方驂劇）八達謂之崇期（崇多也多道會期在此）九達謂之逵（逵一曰馗言似龜背故曰馗見說文）廟中路謂之唐釋名又云城下路謂之豪（豪翱也言都邑內所翱翔祖駕處）步所用道謂之蹊（蹊傒也言射疾別用之故還傒於正道）又廣雅曰墿軌堩街徑闤闠䀎阡道也（墿音亦堩音亘䀎音剛音航阡音千）又畛涂陳阡陌術亦道路別名（周官曰溝上有畛釋名曰涂度也言所由得通度也堂塗曰陳言賓方

主相迎陳列之處也風俗通云南北爲阡東西爲陌呂氏春秋曰子產相鄭桃李垂於術）昔黃帝爲天子匠人營國國中九經九緯經涂九軌環涂七軌野涂五軌合方氏掌達天下之道路至於四畿凡道路之舟車轚互者敘而行之凡有節者及有爵者至則爲之辟禁野之橫行徑踰者（見周官）又禮記道路男子由右婦人由左車從中央此道路之事也五經要義曰將行者有祖道一曰祀行言祭祀道路之神以祈也

事對

劇驂　方軌（劇驂已具敘事左思蜀都賦曰闢二九之通門畫方軌之廣涂）

龜背　羊腸（許慎說文

曰馗九達道也似龜背故謂之馗魏武帝苦寒行曰羊腸坂詰屈車輪爲之摧王智深宋紀曰氐人楊難當居在仇池山高二十里羊腸盤道三十六迴

八達　九緯　爾雅曰八達謂之崇期周禮匠人營國中九經九緯經涂九軌鄭玄注曰國中城內也經緯之涂皆容九軌軌謂轍廣、

鹿蹊　馬跡　周易曰艮爲徑路鄭玄注曰田間之道曰徑路艮爲之者取山間鹿兔之蹊酈元注水經曰晉昌郡南及廣武馬蹄谷盤石上有馬跡若踐泥中自然之形故其俗號曰天馬徑

九陌　四衢　漢宮殿疏曰長安中有九陌何法盛晉中興書曰穆帝升平二年詔曰欣飛督王饒忽上吾鵂以辟惡此凶物豈宜妄進於是頓鞭鐃二百使殿中孫雲監臨於四衢道焚之

迎鐘　徇鐸　呂氏春秋曰中山之國有風繇者智伯欲攻之而无道也爲鑄大鐘方車二軌以遺之風繇之君斬岸堙溪以迎鐘隨而攻之而風繇遂亡尚書曰每歲孟春遒人以木鐸循于路

交會　多岐　爾雅曰五達謂之康孫炎注曰康樂也交會樂道也列子曰楊子隣人亡羊率其黨請楊子豎追之楊子曰亡之一羊何追者衆曰多岐路既返問

獲羊乎曰亡岐路既多之中又有岐焉吾不知所之故返楊子曰大道以多岐亡羊學者以多方喪生

隱金　堆石　漢書賈山曰秦東窮燕齊南極吳越蹕道廣五十步隱以金推樹以青松爲馳道之麗至於此也注云隱築也東觀漢記曰王霸爲上谷太守修飛狐道至平城堆石布土三百餘里

三條　九軌　班固西都賦曰披三條之廣路立十二之通門九軌見敘事

藩竹　樹槐　環濟吳紀曰天紀二年衛尉岑昏表脩百府自宮門至朱雀橋夾路作府舍又開大道使男女異行夾道皆築高牆瓦覆或作竹藩崔鴻前秦錄曰苻堅滅燕趙之後自長安至於諸州皆夾路樹槐柳二十里一亭四十里一旅行者取給於涂工商貿販於道

立鄙　列亭　國語曰周制有之曰列樹以表道立鄙舍以守道路請置候人官也東觀漢記曰衛颯爲桂陽太守鑿山通路列亭置驛

斬虵　焚鵂　史記曰漢高祖以亭長送徒於驪山夜經澤中有虵當道高祖拔劍斬蛇蛇爲兩徑開數里焚鵂事見四衢注

束馬　覆輪　任豫益州記曰江由武擔道案圖在陰平縣北於成都爲西北津其

道至險鄧艾束馬懸車處潘尼惡道賦曰道深地狹坂峭軌長輪輿顛覆人馬仆僵桂道蘭術 七陌九阡劉義恭詩曰飛流界桂道深林冒蘭術曹植詩曰東西經七陌南北越九阡

詩 梁沈約循役朱方道路詩分繻出帝京升裝奉皇穆洞野屬滄溟聯郊遡河服日映青丘島塵起邯鄲陸江移林岸微巖深煙岫複歲嚴摧磴草午寒散嶠木縈蔚夕飈卷蹉跎晚雲伏霞志非易從旌軀信難牧豈慕淄宫梧方辭兔園竹[redacted]心亦何言迷蹤庶能復

隋孫萬壽東歸在路詩學官兩无成歸心自不平故鄉尚千里山秋猿夜鳴人愁慘雲色客意慣風聲羇恨雖多緒俱是一傷情

唐李白藥途中述懷詩伯喈遷塞北亭伯之遼東伊余何爲客獨守雲臺中途遙已日暮時泰道斯窮拔心悲岸草半死落巖桐目送衡陽鴈情傷江上楓福兮良所伏今也信難通丈夫自有志寧傷官不公

銘 陳徐陵丹陽上容路碑銘后王降德于衆兆人高文象緯妙義通神業冠遷夏功踰入秦時惟大畜象及同人惠雨方靁禪枝獨春帝德惟厚皇恩甚深觀乎禹跡見我堯心

市第十五

敘事 風俗通曰市恃也言交易而退恃以不匱也案周易繫辭云神農氏日中爲市致天下之人聚天之貨交易而退各得其所蓋取諸噬嗑噬嗑卦名也言設法以合物也一曰祝融作市見世本宋衷注曰祝融顓頊臣爲高辛氏火正古史考云神農作市高陽氏衰市官不修祝融修市周禮建國後立市設其次置其敘正其肆陳其貨賄出度量建國必面朝而後市王立朝后立市陰陽相成之象司市掌市之治教政刑量度禁令以次敘分地而經市以陳肆辨物而平市以政令

禁物靡而均市以商賈阜財而行布大市日
昃而市百族為主朝市朝時而市商賈為主夕
市夕時而市販夫販婦為主又風俗通曰市亦
謂之市井言人至市有所鬻賣者當於井上洗
濯令香潔然後到市也或曰古者二十畝為井
因井為市故云也又市巷謂之闤市門謂之闠
巷謂之閎見顏延之纂要市中空地謂之廛見鄭衆周禮注一云市宅
也市樓謂之旗亭張衡西京賦云旗亭五里薛綜注云市樓立亭於上其市名
有九市四市三市三輔舊事曰長安有九市丹陽記曰京師有四市洛陽記曰洛陽有三市一云

周禮曰側朝夕之市則三市方市見三輔黃圖金市洛陽記云金市在大城中苑市鬬
場市丹陽記曰苑城市謂之苑陵於陵有鬬場市都市列仙傳曰玄俗賣藥於都市京
市見王肅景福殿賦

事對

設次開場設次見叙事班固西都賦曰九市開場貨
列隧分殷室齊宮太公六韜曰武王伐殷得二夫人問曰殷國將亡亦有妖乎曰殷君喜修宮室
大者宮室九市戰國策曰齊國將亡亦有妖乎其一人曰齊桓公宮中七市鶴舞狼入趙曄吳越
春秋曰吳王闔廬有女怨王先食蒸魚乃自殺闔廬痛之葬於邦西昌門外乃舞白鶴於吳市令萬人隨觀劉向洪範傳曰秦
惠王四年狼入咸陽市昭王六年狼又入咸陽市中閱書滌器謝承後漢書曰王充字仲任會稽人
也家貧无書常游洛陽市肆閱所賣書一見輒能誦憶遂至博通衆經漢書曰司馬相如與文君之臨邛盡賣其車騎而買酒
令文君當壚相如身自與保庸雜作滌器於市中百貨萬商管子曰市者貨之準也是故百貨賤

則百利得已見叙事左思蜀都賦曰亞以少城接乎其西市廛所會萬商之川列隧百重羅肆巨千

傳玉 懸金 史記曰玉櫝出於昆山明月之珠出於四海傳賣於市聖人得之以爲大宝又曰呂不韋爲丞相招致術士使人著其所聞爲呂氏春秋曝之咸陽市門懸千金於其上有能增一字與之千金時无能者

吹篪 擊筑 史記曰伍子胥出昭關夜行晝伏至於陵水无以餬其口吹篪乞食於吳市與吳闔閭爲伯又曰荊軻既至燕愛善擊筑者高漸離擊筑軻和而歌於市中相樂已而相泣旁若无人

雲曼 星繁 王廙洛陽賦曰肇建三市廛開疆理列肆雲曼脩僧高峙左思蜀都賦曰亞以少城接於其西市廛所會萬商之川列隧百重羅肆巨千財貨山積纖麗星繁

梅福 韓康 漢書曰王莽亂政梅福一朝弃妻子去九江至今傳以爲仙其後人有見福於會稽者變姓名爲吳市門卒范曄後漢書曰韓康伯字伯休京兆霸陵人也常採藥名山賣藥於長安市口不二價

過肆 左太冲吳都賦曰輕輿案轡以經隧樓船舉帆而過肆

倚門 漢書曰刺繡文不如倚市門此言末業貧者之資

荊飲 聶屠 史記曰荊軻既至燕飲於燕市已見擊筑注中又曰聶政軹人也殺人避仇與母姊如齊以屠爲事降志辱身居市井

邠亭 湖里 桓譚新論曰扶風邠亭部言本太王所處其人有會日以相與夜市如不爲期則有重災害越絕曰吳市者春申君所造在湖里

季主卜 君平筮 史記曰司馬季主卜於長安東市漢書曰嚴君平卜筮於成都市以爲卜筮賤業而可以惠衆人有邪惡非正之事則依蓍龜而言之

信陵過 宜僚隱 史記曰魏有隱士曰侯嬴年七十家貧為大梁門門者魏公子信陵君置酒大會客公子從車騎虛左自迎之侯生謂公子曰臣有客在市屠中願枉車騎過之楚国先賢傳曰熊宜僚楚人也隱居市南不屈於時

賦

晉成伯陽平樂市賦 惟市之由興自帝炎之所創聚財貨以利用等厮事之莫尚尒乃巷列千所羅居百族街衢相望連棟接屋則能目語額瞬動頰塞鼻談智於尺寸之間窺窬于分毫之利

詩

梁庾肩吾看放市詩 旗亭出御道遊目暫迴車既非隨舞鶴聊思索枯魚因龜

識季主傍酒見相如日中人已合黃昏故未踈

陳張正見日中市朝滿詩 雲閣綺霞生旗亭麗日明塵飛三市路蓋入九重城竹葉當壚滿桃花帶綬輕唯見爭名利安知大隱情

教

晉王彪之整市教 古人同市朝者豈不以衆之所歸宜必去物近撿校山陰市多不如法或店肆錯亂或商估没漏假冒豪彊之名擁護貿易之利凌踐平弱之人專固要害之處屬城承寬亦皆如之

周庾信荅移市教 昔張揩碩儒尚移弘農之市宜宮妙篆猶致酒壚之客況復德惣鄗周声高梁楚希風慕義之士舉袂成惟卧轍攀車之人摩肩相接遂使王充閱書之處遠出荒郊石苞販鐵之所翻臨涯岸聖德謙虛未安喧湫欲令吹簫舞鶴還返舊鄽賣卜屠羊請辞新闠而交貨之黨好留鼬歧之衆難遣

箴

晉成公綏市長箴 貿遷有无市朝有處人以攸資貨以攸叙交易而退各得其所曹叅相齊清淨以義姦不可擾頋託有寄市臣掌肆敢告執事

初學記卷第二十四

安桂坡館

初學記卷第二十五

錫山安國校刊

器物部

漏刻第一

叙事　梁漏刻經云漏刻之作蓋肇於軒轅之日宣乎夏商之代周官曰挈壺氏以水火守之分以日夜及冬則以火爨鼎水而沸之而沃之（鄭玄注曰冬水凍故以火炊水沸以沃之謂沃漏也）梁漏刻經云至冬至晝漏四十五刻冬至之後日長九日加一刻以至夏至晝漏六十五刻夏至之後日短九日減一刻或秦之遺法漢代施用邯鄲五經析疑曰漢制又以先冬至三日晝冬至後三日晝漏四十五刻夜五十五刻先夏至三日晝夏至後三日晝漏六十五刻夜三十五刻元嘉起居注曰

以日出入定晝夜冬至晝四十刻夏至夜亦宜四十刻夏至晝六十刻冬至夜亦宜六十刻春秋分晝夜各五十刻今減夜限日出前日入後昏明際各二刻半以益晝夏至晝六十五刻冬至晝四十五刻二分晝五十五刻而已張衡漏水轉渾天儀制曰以銅爲器再疊差置實以清水下各開孔以玉虬吐漏水入兩壺右爲夜左爲晝殷䕫漏刻法曰爲器三重圓皆徑尺差立於方輿踟躕之上爲金龍口吐水轉注入踟躕

經緯之中蓋上鑄金爲司辰具衣冠以兩手執箭李蘭漏刻法曰以銅爲渴烏以引器中水以銀龍口中吐之

事對

權器　衡渠　李蘭漏刻法曰以器貯水以銅爲渴烏狀如鈎曲以引器中水於銀龍口中吐入權器漏水一升秤重一斤時經一刻殷䕫漏刻法曰漏水皆於器下爲金龍口吐出轉注入踟躕經緯之中流於衡渠之下

流珠　把箭　李蘭漏刻法曰以玉壺玉管流珠馬上奔馳行漏流珠者水銀之別名張衡漏水轉渾天儀制曰以左手把箭右手指刻以別天時早晚

司辰　典刻　殷䕫漏刻法曰自午至子亦五十刻壺口上有蓋其中天浮載箭出於蓋蓋上鑄金爲司辰桓譚新論曰余爲即典刻漏燥濕寒溫轉異度故有昏明晝夜參以晷景

銅史　金徒　晉起居注曰孝武太元十二年有司奏儲宮初建未有漏刻參詳求安宮銅漏刻置漏刻史張衡漏水轉渾天儀制曰鑄金銅仙人居左壺爲金胥徒居右壺

星史　金胥　天文要集

曰女史一星在柱下[illegible]北女史
轉漏動靜金胥見金徒注中

三鼓一鐘衛宏漢舊儀曰立夏立秋晝六十二刻夏至晝六十五刻夜漏不盡五刻擊五鼓夜漏不盡三刻擊三鼓酈善長水經注曰洛陽金墉城東門曰含春門北有退門城上西面列觀五十步睥睨居屋置一鐘以和漏鼓也

九日五夜司馬彪續漢書曰霍融上言漏刻率九日增減一等不與天相應不如夏歷合晷景刻漏四十八箭晷景爲刻少所違失衛宏漢舊儀曰五夜甲夜乙夜丙夜丁夜戊夜

賦

晉陸士衡漏刻賦

寸管俯而陰陽効其誠尺表仰而日月與之期玄鳥懸而入風以情應王衡立而天地不能欺既窮神以尽化又設漏以考時尔乃挈金壺以南羅藏幽水而北戢擬洪殺於編鐘顯卑高而爲級激懸泉以遠射跨飛途而通集伏陰虫以承波吞恒流其如挹是故來象神造去猶鬼幻口納胷吐水无滯咽形微獨繭之緒逝若乘天之電偕四時以合最指昏明乎无殿夫其立躰也簡而効績也誠其假物也粗而致用也精積水不過一鍾導流不過一筳而用天者因其敏分地者賴其平微聽者假其察貞觀者借其明信探賾之妙術雖无神其若靈

梁鮑昭觀漏刻賦

佩流嘆於馳年纓華恩於芬月結蘭若於望楚弄參差以歌越撫疑肌於廷帶監彫容於髩兒髮景有墜而易昏憂无方而難歇歷玉階而升隩訪金壺之盈闕觀騰波之吞瀉視警箭之登沒箭既沒而後登波長瀉而弗歸注沉穴而海漏射懸途而電飛墐戶牖而知天掩雲霧而測暉創百齡於纖隱積千里於空微

銘

李尤漏刻銘

昔在先聖配天垂則仰鼇七曜俯順坤德乃建日官俾立漏刻昏明既序景曜不忒唐命羲和敬授人時懸象著明帝以崇熈季末不虔德衰于兹挈壺失節刺流在詩

南齊陸倕新漏刻銘

夫自天觀象昏旦之刻未分治歷明時盈縮之度无準挈壺命氏遠哉羲用揆景測晨徵宮戒井守以水火分兹日夜且今之官漏出自會稽漏水違方導流乖則六日无辨五夜不分於是俯察旁羅登臺升庫測于地四參以天一一建武遺蠹咸和餘舛金箭方員之制飛流吐納之規變律改經一皆懲革以考辰正晷測表[illegible]陰不謬圭撮无乖黍累又可以校運筭之睽合分天地之邪正察四氣之盈虛課六律之踈密永世貽則傳之无窮赫矣煥乎无得而稱也乃詔小臣爲其銘曰一寒一暑有明有晦神道无跡天工空代乃置挈

壺是惟熙載氣均衡石晷正權槪世道交喪禮術消亡遽迁水
火爭倒衣裳擊刀舛次聚木乖方爰究爰度時惟我皇方壺外
次貟流內龔洪殺殊等高卑異級靈虬承注陰蟲吐噏倏忽往
來鬼神出入微若抽繭逝若激電耳不輟音眼无流眄銅史司
刻金徒抱箭合昏暮卷蓂莢晨生尚辨天意猶測
地情況我神造通幽洞靈配等皇極爲世作程

帷幕第二

敘事 釋名曰帷圍也以自障圍也幕
絡也在表之稱也說文曰在房曰帷在上曰幕
廣雅曰帷幕帳也歸藏曰昔女媧筮張雲幕而
枚占神明漢書曰秦起咸陽而至雍離宮三百
帷帳不移而具史記曰漢孝文帝所幸愼夫人
帷帳不得文繡以示敦朴王忱魏書曰魏太祖

雅性節儉帷帳壞則補納孫盛晉陽秋曰晉武
帝亦曰殿前及武帷織成帷不須施也又曰穆
帝皇太后設紗帷於太極殿儀禮曰國君與卿
圖事管人布幕於寢門外

事對 紫綃帷 王子年拾遺記曰吳王孫權趙夫人善畫巧妙无雙權居昭陽宮倦暑乃展紫綃之帷夫人曰此不足貴妾欲窮思慮能使下綃帷而清風自入視外无有蔽礙列侍飄然自涼若御風而行次約宋書曰劉塢與顔峻書曰牢脩之三代叛兵也一朝居清油幕下作謝宣朋面孔何人

青油幕

羅幃 紗幕 魏文帝與繁欽書曰白日西逝清風赴闈羅帷徒祛玄燭方微王子年拾遺記曰漢武帝李夫人死後常思夢命二人作李夫人形或置於輕紗幕裏婉若生時帝大悅

錦帷 綈幕 典略曰孔子反衛見夫人在錦帷中孔子北面稽首夫人自幃中再拜王子年拾遺記曰漢武

帝以珊瑚爲牀紫錦爲帷又武帝好微行於池傍游宮以漆爲柱鋪黑綈之幕器服乘輿皆尚黑色

運籌 撰曆 史記曰漢六年正月封功臣張良未嘗有戰功高祖曰運籌帷帳中決勝千里外子房功也劉歆與楊子雲書曰蕭何造律張蒼撰曆皆成於帷幕貢於王門

合疏縷 張綺羅 劉向說苑曰晏子復於景公曰且合升斗之微以滿倉廩合疏縷之緯以成帷幕葛洪神仙傳曰淮南八公詣淮南王安門皆鬚眉皓素王欲少者八公皆成十五六童子門吏以白安聞之不及履即出迎之以登思仙之臺張綺羅之幕設象牙之席

然明誦 延年寢 東觀漢記曰張奐字然明使匈奴休屠及朔方烏桓並同反叛遂燒度遼將軍門列屯赤地烟火相望兵衆大恐各欲亡去奐安坐帷中與弟子誦書自若軍士稍安漢書曰江都王劉延年爲將善綏御士衆寢止布幕芭

詩 南齊王融詠幔詩 幸得與珠綴幕歷君之楹月映不辞卷風來輙自輕每聚金鑪氣時駐玉琴声但願置樽酒蘭釭當夜明

屏風第三

敘事 釋名曰屏風障風也扆在後所依倚也禮記曰天子當扆而立 鄭玄注云扆屏風 又曰天子負扆南鄉而立 鄭玄注云負扆爲斧文屏風於戶牖之間 周官曰掌次設皇邸 鄭玄注云邸後板也其屏風邸染羽像鳳皇以爲飾 謝承後漢書曰鄭弘爲太尉時舉第五倫爲司空班次在下每正朔朝見弘曲躬自卑上問知其故遂聽置雲母屏風分隔其間由此爲故事魏志曰太祖平柳城頒所獲器物有素屏風持以賜毛玠曰君有古人之風故賜君古人之服齊書曰襄陽盜發古塚

得玉屏風吳均齊春秋曰宜都王鏗年十歲與
吉景曜商略先言往行左右誤排楄屏風倒
壓背色貌不異言談不輟王子年拾遺記曰董
偃設紫琉璃屏風西京雜記曰廣川王去發魏
哀王冢有石屏風又曰昭陽殿木畫屏風如蜘
蛛絲縷

【事對】

綠沉　白字　宋元嘉起居注曰十六年御史中丞劉楨奏風聞前廣川刺史韋朗於廣州所作銀塗漆屏風二十三牀又綠沉屏風一牀請以見事追朗前所居官■王琰宋春秋曰明帝性多忌諱禁制廻避者數十百品亦惡白字屏風書古來名文有白字輙加改易玄黃朱紫随宜代焉

雲母　火齊　西京雜記曰趙飛燕爲皇后其女弟上遺雲母屏風廻風席七寶扇拾遺記曰董偃嘗臥延清之室上設火齊屏風列靈麻之燭

納妃二合　烈女四堵　晉東宮舊事曰皇太子納妃梳頭屏風二合四牒織成地屏風十四牒銅鐶鈕劉向七略別錄曰臣向與黃門侍郎歆所校列女傳種類相從爲七篇以著禍福榮辱之効是非得失之分畫之於屏風四堵

孫亮鏤瑞　季龍畫仙　崔豹古今注曰孫亮作琉璃屏風鏤作瑞應圖一百二十種陸翽鄴中記曰石季龍作金鈿屈膝屏風衣以白縑畫義士仙人禽獸

畫如蛛絲　玉爲龜甲　蛛絲見敘事中郭子横洞冥記曰上起神明臺上有金牀象席雜玉爲龜甲屏風

【賦】

漢劉安屏風賦　惟斯屏風出自幽谷根深枝茂號爲喬木孤生陋弱畏金彊族移根易土委伏溝瀆飄飄危殆靡安措足思在蓬蒿林有樸樕然常无緣悲愁酸毒天啓我心遭遇徵祿中郎繕理收拾捎朴大匠攻之刻雕削斷表雖剝裂心實貞慤等化器類疵蔭尊屋列在左右近君頭足頼蒙成濟其恩弘篤何惠施遇分好沾渥不逢仁人求爲枯木

漢羊勝屏風賦　屏風　蔽我君王重葩累繡香璧連璋連以文錦映以流黃畫以古烈顒顒昂昂藩后宜之壽考

冗疆

【詩】隋蕭慤屏風詩 秦皇臨碣石漢帝幸明庭非關重遊豫直是愛長齡讀記知州所觀圖見岳形曉識仙人氣夜辨少微星服銀有祕術蒸丹傳舊經風搖百影對花落万春亭飛流近更白叢竹遠弥青逍遥保清暢因持悅性情 周庾信詠屏風詩 高閣千尋跨重簷百尺齊雲度三分近花飛一倍低吹簫近白鶴照鏡舞山雞何勞愁日暮未有夜烏啼 又詩 三危出鳳翼九阪度龍鱗路高山裏對雲低馬上人應巖泉溜響深谷鳥声春生馬來相問應知有姓秦【銘】李尤銘 捨則潛僻用則設張立必端直處必廉方雍閼風雅霧露是抗奉上蔽下不失其常【啓】梁簡文帝謝賚碧慮棊子屏風啓 臣綱啓宣詔主伕慧奉宣敕旨垂賚碧慮棊子屏風二十牒極班馬之巧兼曹史之慮均天台之翠壁雜水華之嘉名使雲母之窓慙其麗色琉璃之扇愧其含影仰降聖慈曲垂霑逮喜逐恩來悤同鳳舞言因謝盡更類三緘不任銘荷之誠謹奉啓謝以聞謹啓

簾第四

【敘事】釋名曰簾廉也自鄣蔽為廉恥也廣

雅云幰幨必依反下音搪㡘也揚雄方言曰宋魏陳楚江淮之間箔謂之笛或謂之麴自關而西謂之箔南楚謂之蓬箔說文曰曲受物之形也西京雜記曰漢諸陵寢皆以為簾皆為水文及龍鳳像晉東宮舊事曰簾箔皆以青布緣純謝綽宋拾遺曰戴明寶歷朝寵倖家累千金大兒驕淫為五色珠簾明寶不能禁孫卿子曰局室蘆簾稾蓐可以養形

【事對】神屋白珠 靈閣翠羽 漢武故事曰上起神屋以白珠為簾箔玳瑁押之象牙為篾洞冥記曰漢武帝二十年起招靈閣翠羽麟毫為簾 昭陽珠

簾 明光玉箔西京雜記曰昭陽殿織珠爲簾風至則鳴如金玉珠璣三秦記曰明光宮在漸臺西以金玉珠璣爲箔

詩 唐太宗文武皇帝賦簾詩參差垂玉牖舒卷映蘭宮珠光搖素月竹影亂清風彩散銀鉤上文斜桂戶中唯當雜羅綺相與媚房櫳 南齊虞炎詠簾詩青軒明月時紫殿秋風日瞳曨孔光暉晻曖映容質清露依簾垂蛸絲當戶密褰開誰共臨掩晦獨如失 隋盧思道賦得珠簾詩鑑帷明欲斂照檻色將晨可憐踈復密隱映當窻人浮清帶遠吹含光動細塵落花時屢拂會待玉階春

牀第五

敘事 釋名曰牀裝也所以自裝載也楊雄方言曰齊魯之間謂之簀牀板也陳楚之間或謂之第其杠北燕朝鮮之間謂之樹自關而西秦晉之間謂之杠南楚之間謂之趙東齊海岱之間謂之梓音詵其上板衛之北郊趙魏之間謂之牒廣雅曰棲謂之牀浴牀謂之招音韶說文曰牀身之安也簀牀棧也笫牀簀也杠牀前木也服虔通俗文曰牀三尺五曰榻板獨坐曰秤八尺曰牀天文集曰紫宮門外有天牀六星戰國策曰孟嘗君出行五國至楚獻象牙牀西京雜記曰武帝爲七寶牀設於桂宮晉東宮舊事曰皇太子納妃有素栢局脚牀八版牀漆牀鄴中記曰石季

龍御牀辟方三丈有轉關牀射鳥獸神仙傳曰
衛叔卿入華山上有紫雲鬱鬱白玉爲牀商子
曰人主處匡牀之上而天下大理燕書曰公孫
鳳隱於昌黎九城寢土牀宋書高祖嘗患體熱
有獻石牀乃碎之惡勞人也

事對

珊瑚 瑇瑁 漢武帝内傳曰武帝受西王毋真形六甲靈飛十二事帝盛以黄金几封以白玉函以珊瑚爲牀紫錦爲帷安著柯梁臺上西京雜記曰韓嫣以瑇瑁爲牀

象牙 麢角 象牙已具敘事異物志曰麢狼形似鹿而角觸前向入林則挂角故恒在平淺草中逐入林則得之皮可作屐襪角[redacted]南人因以作踞牀

六星 七寶 六星已具敘事中魏收後魏書曰韓武字道[redacted]除龍驤將軍郢州刺史[redacted]獻七寶牀象牙席

坐穿 臥陷

皇甫謐高士傳曰管寧字幼安自越海及歸常自坐一木榻積五十餘年榻上當膝處皆穿劉向列仙傳曰脩羊公上華陰山石室中有懸石榻其上尽穿陷也

神女金 仙人石 馬明生別傳曰明生隨神女入室中卧金牀玉机鄜善長水經注曰夷水右經石室南村人駱都小時到此室邊採蜜見一仙人坐石牀上

詩

後梁宣帝牀詩 衡山白玉鏤漢殿珊瑚支踞膝申久坐屢好爲頻移

梁庾肩吾詠胡牀應教詩 傳名乃外域入用信中京足歆形已正文斜體自平臨堂對遠客命旅誓初征何如淄館下淹留奉盛明

銘

李尤卧牀銘 躰之所安寢處和歡夕惕敬慎崇德遠奸

席第六

敘事

釋名曰席釋也可卷可釋也說文曰
筵竹席也三禮圖曰士蒲筵長七尺廣三尺三
寸無純周禮曰王府掌王之衽席衽席簟席司几筵

掌五几五席之名物凡大朝覲設莞席紛純加繅席畫純加次席黼純諸侯祭祀席蒲筵繢純紛白綉也純緣也次獸皮為席也繅席削蒲蒻編以五采若今合歡矣畫謂雲氣也次席桃枝席有次列成文韓子曰夏禹為茵蔣席尚書曰成王將崩牖間南嚮敷重篾席黼純孔安国注篾桃枝竹也西序東嚮敷重底席綴純底蒻華也東序西嚮敷重豐席畫純豐莞也西夾南嚮敷重筍席玄紛純筍蒻竹也漢書文帝莞蒲為席大魏諸州記曰鉅鹿廣阿澤多葦出細御席多雲毋晉東宮舊事曰太子有獨坐龍鬚席赤

皮席花席綖席史記曰古者封禪席葅秸漢舊儀曰祭天紫壇紺席六采綺席祭嶽白菅席

事對

五香　六采　鄴中記曰石季龍作席以金褁五香雜以五采綫編蒲皮緣之以錦六采席所以祭天已具叙事

茅葭　著艾　周斐汝南先賢傳曰鄭敬以茅葭為席常隨杞柳之陰皇甫謐高士傳曰老萊子親汲隱蒙山之陽杞木為林著艾為席

碧蒲　白莞　拾遺記曰周穆王時西王母來敷碧蒲之席黃莞之薦宋元嘉起居注曰御史中丞劉楨奏風聞廣州刺史韋朗於所部作新白莞席三百二十二領請以見事追韋朗前所居官

迴風　半月　見屏風事對中拾遺記曰薄栗草高五丈葉色紺莖如金形如半月之勢亦曰半月草无花无實其質溫柔可以為布為席

馮銘　張賦　馮衍席前右銘曰修爾容貌飾爾衣服文之以辭實之以德後右曰冠帶之貳從容有常威儀之華惟德之英張隱文士傳曰張純與張儼朱異俱少往

見驃騎將軍朱據據聞三人才名欲試之告曰吾欲賦一物純乃賦席曰席爲冬設簟爲夏施揖讓而坐君子攸宜

黼繡純 鱗鳳飾 黼繡純已具敘事拾遺記曰燕昭王設鱗文席散荃蕪香鱗文者錯雜寶飾席爲雲霧鱗鳳者也

載益五十 殷重八九 謝承後漢書曰戴馮字次仲汝南郡舉明經徵博士拜郎中正朝朝賀帝令群臣說經史更相詰難義有不通轉奪其席以益通者馮重五十席殷氏家傳曰殷亮爲博士講學大夫諸儒論勝者賜席亮坐以八九重席帝曰學不當如是

詩 南齊謝朓詩 本生潮汐地落景照參差汀洲蔽杜若幽渚奪江蘺遇君時採擲玉座奉金危但願羅衣拂无使素塵彌

梁柳惲詩 照日汀洲際搖風淥潭側雖无獨繭絲幸有青袍色羅袖少輕塵象牀多麗飾願君蘭夜飲佳人時宴息

銘 後漢李尤銘 施席接賓士无愚賢值時所有河必羊肶

晉傅玄銘 銘席之左端曰閑居勿極其歡右端曰寢處毋忘其患左後曰居其安無忘其危右後曰惑生於邪色禍成於多言

扇第七

敘事 楊雄方言曰扇自關而東謂之箑自關而西謂之扇世本曰武王作翣崔豹古今注曰舜廣開視聽求賢人以自輔作五明扇漢公卿大夫皆用之魏晉非乘輿不得用又曰殷高宗有雊雉之祥服章多用翟羽故有雉尾扇周制以爲王后夫人車服輦車有翣即緝雉羽爲扇以鄣翳風塵也漢乘輿服之後以賜梁孝王魏晉以來以爲常唯諸王皆得用之西京雜記曰天子夏設羽扇冬則設繒扇晉東宮舊事曰

皇太子初拜供漆要扇青竹扇黃竹扇納妃同
心扇三十單竹扇二十謝靈運晉書孝武節奢
飾禁絹扇

事對

雉尾 鵲翅 雉尾具叙事拾遺記曰周昭王時塗脩國献青鳳丹鵲各一雌一雄孟夏取鵲翅爲扇一名條■一名仄影

象牙 翟羽 象牙翟羽見叙事

白羽 黃竹 裴啓語林曰諸葛武侯持白羽扇指麾三軍黃竹具叙事

六角 二面 沈約晉書曰王羲之在會稽山見一老姥持十許六角竹扇羲之因書扇各作五字語姥云道是王右軍書字索百錢鄴中記曰石季龍作雲母五明金薄莫難扇此一扇之名也薄打純金如蟬翼二面采漆畫列仙奇鳥異獸其五明方中辟方三寸或五寸隨扇大小雲母帖其中細縷縫其際雖掩畫而彩色明澈看之如■可取故名莫難也季龍出時以扇挾乘輿

五明 七華 五明具叙事西京雜記曰趙飛燕爲皇后其女弟上遺七華之扇

白綺 綠沈 班孟堅集有白綺扇之賦鄴中記曰季龍出時乘輿用桃枝扇或綠沈色或木蘭色或紫紺色或鬱金色

仲祖畫 逸少書 曹毗扇讃序曰會稽王仲祖畫扇爲郭文舉見命爲讃王羲之字逸少已見六角注中

賦

晉陸士衡羽扇賦 彼凌霄之僚鳥播鮮輝之■蒨隱九皐以鳳鳴游芳田而龍見醜靈龜而遠期超長年而久聘累懷璧於美羽挫千歲乎一箭委曲體以受制奏雙翅而爲扇則其布翮也差洪細秩長短稠不逼稀不簡於是鏤巨獸之齒裁奇木之榦移圓根於新體因天秩乎舊貫鳥不能別其是非人莫敢分其贋翮翩翩以微振風飂飂以垂婉妙自然以爲言故不積而能散其在手也安其應物也誠其招風也利其盡氣也平混貴賤而一節風無往而不清

梁江淹扇上綵畫賦 織素麗於白日傳畫明於綵虹洛陽之技極江南之巧窮故飾以赤野之玉文以紫山之金空青生蛾眉之陽雌黃出嶓冢之陰丹石發王屋之岫碧髓挺青峻之岑粉則南陽鉛澤墨則上黨松心乃雜以爲此扇輿君翳素女與玉琴玉琴兮珠徽素女兮鍠衣促織兮始鳴秋蛾

兮初飛重曰碧臺寂兮無人蔓丹草與朱塵度俄然如一代經半景若九春命幸得爲綵扇出入玉帶與綺紳

詩

南齊丘巨源詠七寶畫圖扇詩 妙貴經[redacted]夏巧[redacted]出吳闔裁狀白玉璧縫似明月輪表裏鏤七寶中銜駭雞珎畫作景山樹圖爲河洛神來延揮握玩入與鐶釧親生風長袖際晞華紅粉津倩盻迎驕意隱映含歌人時移務忘故節改競存新眷情隨象簟舒心謝錦茵厭歌何足道敬哉先後㫰

梁何遜詠扇詩 如珪信非玷學月且爲輪機杼蘼蕪妾裁縫篋笥人搖風入素手招曲掩丹脣羅袖幸時拂微芳聊可因

陳周弘正詠班竹掩團扇詩 齊紈將楚竹從來本相遠將申湘女悲宜並班姬怨

讚

宋謝惠連白羽扇讚 惟茲白羽體此潔涼齊清風素同氷雪其儀可貴是用玩悅揮之襟袖以禦炎熱

王獻之桃葉團扇歌 七寶畫團扇粲爛明月光與郎却暄暑相憶莫相忘

頌

劉臻妻五時畫扇頌 炎后飛軌引曜丹逵爇賓應律融精協曦五象

列位品物以垂光降素獸震升青螭日月澄暉仙童來儀仰憇翠巖俯映蘭池靈柯幽藹卉木參差如山之壽如松之猗永錫難老與時推移

啓

梁簡文帝謝賚扇啓 巨綱啓傳詔饒僧明奉宣勅旨垂賚細綾大文畫柳蟬山扇一柄文均析縷香發海檀肅肅清風即令象簟非貴依依散彩便覺夏室含霜飲露青蜩應三伏之脩景群飛黃雀送六月之南風蔽日垂陰薰澤暫采浮涼滌暑蘋末愧吹聖人造物之巧俯萃庸薄王府好玩之恩於茲下被頂戴曲私伏增欣躍謹奉啓事謝聞謹啓

香鑪第八

敘事

盧諶祭法曰香鑪四時祠坐側皆置徐爰家儀曰婚迎車前用銅香鑪二漢官典職曰漢尚書郎給端正侍女史二人潔衣服執香鑪燒燻從入臺中晉東宮舊事曰太子服用

則有銅博山香鑪一鄴中記曰石季龍冬月爲複帳四角安純金銀鑿鏤香鑪傅先生南岳記曰衡山芝堈石室有瓦香爐王琰冥祥記曰費崇先少信佛法常以鵲尾香鑪置膝前習鑿齒襄陽記曰劉季和性愛香直宮嘗上廁過香鑪上

【事對】銀塗 金鏤晉東宮舊事曰秦元二十二年皇太子納妃王氏有銀塗博山連盤三升香爐二金鏤見叙事 四周 九層西京雜記曰長安巧手丁諼者作卧褥香爐一名被中香爐本出房風爲機環轉之者運四週又曰丁諼作九層博山香爐鏤以奇禽怪獸皆自然能動

【賦】梁昭明太子銅博山香鑪賦方夏鼎之瓌異類山經之叙詭制一器而備衆質詡兹物之爲侈于時青女司寒紅光翳景吐圓舒於東岳匿丹曦於西嶺翠帷已低蘭膏未

屏爨松栢之火焚蘭麝之芳熒熒内曜芬芬外揚似慶雲之呈色如景星之野光齊姬合歡而流眄燕女巧笑而蛾揚[redacted]公聞之見錫粵女惹之留香信名嘉而器美永服玩於華堂

陳傅縡博山香鑪賦器象南山香傳西國碧[redacted]瀉鑄兼資匠刻麝火埋朱蘭煙毀黑結構危峯横羅雜樹寒夜含暖清霄吐霧制作巧妙獨稱珍淑氣氛氳長似春隨風本勝千釀酒散馥還如一碩人

【詩】古詩詠香鑪詩四座且莫喧願聽歌一言請説銅香爐崔嵬象南山上枝似松栢下根據銅盤彫文各異類離婁自相連誰能爲此器公輸與魯班朱火然其中青烟颺其間順風入君懷四座莫不歡香風難久居空令蕙草殘

南齊劉繪詠博山香鑪詩參差鬱佳麗合沓紛可憐蔽虧千種樹出没萬重山上鏤秦王子駕鶴乘紫煙下刻蟠龍勢矯首半銜蓮旁爲伊水麗芝盖出岩間復有漢游女拾羽弄餘妍榮色何雜糅縟繡更相鮮麏麚或騰倚林薄杳芊眠掩華終不發含薰未肯然風生玉階樹露湛曲池蓮寒蟲飛夜室秋雲没晚天

梁沈約和劉雍州繪博山香鑪詩範金誠可

則禍思必良工媄芳侯朱燎先鑄首山銅環姿信品萼奇態實珍瓏峯嶝互相拒岩岫杳无窮赤松游其上斂足御輕鴻蛟螭盤其下驤首聆曽穹嶺側多奇樹或孤或複叢岩間有佚女垂袂似含風翬飛若未巳虎視鬱餘雄登山起重障左右引絲桐百和清夜吐蘭烟四面充如彼崇朝氣觸石繞華嵩

鏡第九

叙事

廣雅曰鑒謂之鏡釋名曰鏡景也有光景也韓子曰古之人目短於自見故以鏡觀面智短於自知故以道正巳鏡無見疵之罪道無明過之惡目失鏡則無以正鬚眉身失道無以知迷惑呂氏春秋曰萬乘之主人之阿亦甚矣而無所鏡其殘亡無日矣孰當可鏡其唯士

人乎鏡明巳也功細士明巳也功大淮南子曰人舉其疵則怨人鑑見其醜則善鑑中子曰豈不知鏡設精無為而美惡自備矣莊子曰至人之用心也若鏡不將不迎應而不藏故勝物而無憂傷淮南子又曰然宮人得戟則以刈葵盲者得鏡則以蓋卮盲者不可貽以鏡亂主不可舉其疵

尚書帝命期曰桀失玉鏡用其噬獸玉鏡喻清明之道噬獸喻暴巳

尚書考靈耀曰秦失金鏡魚目入珠金鏡喻明道也始皇呂不韋子言亂眞也

文子曰夫鏡不設形故能有形

晉東宮舊事曰皇太子納妃有著衣大鏡尺八寸銀華小鏡一尺二寸並衣紐自副漆奩盛盖銀華金薄鏡三銀龍頭受福蓮花鈕鏁自副

事對

金錯 銀華 魏武帝上雜器物疏三十種有尺二金錯鐵鏡一枚九寸銀華小鏡見叙事

九寸 三尺 劉振別傳曰以九寸明鏡照面視之曰今日識已形當令不忘如此其神不散疾患不入鄴中記曰石季龍三臺及內宮中鏡有徑二三尺者有尺五寸者

百錬 四規 夏侯湛抵疑曰百錬之鑒則鬚眉可數而辟士不見太山抱朴子曰用明鏡九寸自照有所思存七日則見神仙知千里外事也明鏡或用一或用二謂之四規鏡

視鹿 照犬 抱朴子曰昔張盖蹋及偶豪成二人精思於蜀雲臺山石室中忽有四人黃絹單衣葛巾往到其前曰勞呼道士辛苦幽隱於是二人顧視鏡中乃鹿也續搜神記曰林慮山下有一亭人每過此宿者或病死時有郅伯夷者宿於此明燭而坐中夜忽有十餘人來自共蒱博伯夷密以鏡照之乃是羣犬

應語 寫形 王子年拾遺記曰穆王時沮渠國貢火齊鏡人語則鏡中響應陸機與弟雲書曰仁壽殿前有大方銅鏡高五尺餘廣三尺二寸暗著庭中向之便寫人形體

金薄 玉榮 金薄鏡見叙事東方朔傳曰玉之榮石之精表如日光裏如衆星兩人相睹相知情此名爲鏡也

珠光 石色 孝經援神契曰神靈滋液百宝用則璣鏡出宋均注曰大珠有光可爲鏡拾遺記曰周穆王時有如石之鏡此石色白如月照面如雪謂之月鏡

玄錫粉 黃金繩 淮南子曰明鏡之始型腤朦然及粉之以玄錫摩之以白旃則鬚眉鬢毛可得而察蕭方等三十國春秋曰慕容垂攻鄴符丕遣其從弟就請救乃遣謝玄青銅鏡黃金婉轉繩等以之爲信

仁壽殿 咸陽宮 仁壽殿見寫形注中西京雜記曰高祖初入咸陽宮有方鏡廣四尺九寸表裏有明人來照之則倒見以手掩心來即腸胃五藏歷然无礙

有引 有致 無藏 無執 符子曰至人之道也

如鏡有明有照有引有致賈誼子曰鏡儀而居无藏无執美惡必至各得其當

賦 晉傅咸鏡賦 順陰位於西裔採秋金之剛精醮祝融以致虔命歐治而是營晞日月之光烈儀厥象乎曜靈不有心於好醜而衆形其必詳同實録於良史隨善惡而是彰猗猗淑媛峩峩后妃眷眷榮之零悴懼玉顏之有衰盻清揚而自鏡競崇姱以相暉若乃雲髻亂於首頹黛淪於色設有之於斯器兮孰厥皃之能飾與暗瞽而同昧兮近有面而不識君子知皃之不可以不飾則内省而自嵗既見前而慮後則袛畏於幽深察明明之待瑩則以此而洗心睹日觀之有暇則稽訓於儒■夫然尚何厥容之有慢而厥思之

梁劉緩照鏡賦 夜籌口竭曉鐘將絶窓外明來帷有搖前影滅荆玉欲起侍妾應還前齋上幔内閣除闗開屏易疊捲■攤■搔頭斂髻釵子縈鬟階邊就水盤中光映訝宿粉之猶調笑殘■之不正欲開奩而更飾乃當窻而取鏡臺本王宫■姓温背後銘文宜子孫四面迴風若流水勾欄匳市似城門分明似无疑影前彌可愛近來顏色不須紅即時好眉猶約黛

詩 隋孔範和陳王詠鏡詩 虎賁愁興日龍鏡覧顏時

懷恩未得報空歎髮如絲

隋李巨仁賦得鏡詩 魏宫知本姓秦樓識舊名鳳從臺上出龍就匣中生无波菱自動不夜月恒明非唯照佳麗復得厭山精

周庾信詠鏡詩 玉匣聊開鏡輕灰暫拭塵光如一片水影照兩邊人月生无有桂花開不逐春試挂淮南竹堪能見四隣

梁簡文帝詠鏡詩 四銖恒在側誰言攬鏡稀如氷不見水似扇長含暉金開瑇瑁匣併卷織成衣朓入相如手疑言趙璧歸

銘 後漢李尤鏡銘 鑄銅爲鑑整飾容顏修爾法服正爾衣冠

鏡臺第十

敘事 魏武雜物疏曰鏡臺出魏宫中有純銀參帶鏡臺一純銀七子貴人公主鏡臺四晉東宫舊事曰皇太子納妃服用有瑇瑁細漆鏡臺一劉義慶世說曰劉聰爲玉鏡臺温嶠辟

劉越石長史北征得之後娶姑女下焉宋元嘉起居注曰韋朗爲廣州刺史作銅鏡臺一具御史中丞劉禎奏請以見事免朗所居官

事對

瑇瑁　珊瑚 瑇瑁見叙事古詩曰珊瑚佳鏡爛生光

詩

南齊謝朓詠鏡臺詩 玲瓏類丹檻苕亭似玄闕對鳳臨清水垂龍挂明月照粉拂紅粧揷花理雲髮玉顏徒自見常畏君情歇

陳叔入闕詠空鏡臺詩 即今裝飾廢彫零衢路間姮娥與明月相共落闕山

舟第十一

叙事

淮南子曰古人見窾木浮而知爲舟周易曰刳木爲舟剡木爲楫舟楫之利以濟不通蓋取諸渙呂氏春秋曰虞姁音詡舟物理論曰化狐作舟墨子曰巧倕作舟山海經曰番禺始作舟束皙發蒙記曰伯益作舟世本曰共鼓貨狄作舟黃帝二臣也楊雄方言曰自關而西謂舟爲舩自關而東或謂之舟說文曰舟言周流也舩言循也循水而行也其上屋曰廬重室曰飛廬又在其上曰雀室言於中候望若鳥雀之驚視也揔名舩曰艘廣雅曰吳曰艑蒲殄反李虔通俗曰晉曰舶音泊埤蒼曰海中舩曰艆䑿郎鄒二音說文曰江中舟曰蠡音禮釋名曰上下重版曰

艦四方施版以禦矢如牢檻外狹而長曰艨衝以衝突敵舡二百斛曰
舠三百斛曰艇西京雜記曰太液池有鳴鶴舟
容與舟清廣舟採菱舟越女舟晉令曰水戰有
飛雲船蒼隼船先登船飛鳥船晉宮閣記曰天
泉池有紫宮舟升進舟曜陽舟飛龍舟射獵舟
靈芝池有鳴鶴舟指南舟舍利池有雲母舟无
極舟都亭池有華泉舟常安舟

事對

梁麗 ⿰舟周 莊子曰梁麗可以衝城司馬彪注云麗小船也張揖埤蒼曰⿰舟周吳船也音彫

沙棠舟 芙蓉艦 山海經曰崑崙有沙棠木食其實不溺爲木不沉銘曰安得沙棠木刻以爲舟船蕭方等三十國春秋曰靈脩冠京邑芙蓉艦千餘艘

潯陽艤 博昌船 王智深宋記曰司空劉彥範舉兵[redacted]逆於溢囊潛作艦艤出潯陽合于裴理數晨之間舟木大備漢書曰上式願與博昌習船者死南越

翔鳳 飛龍 陶季直京邦記曰西巡記曰宋孝武度六合龍舟翔鳳以下三千四十五艘舟航之盛三代二京无比飛龍舟事具叙事

鷁首 鴨頭 淮南子曰龍舟鷁首高誘注曰鷁大鳥也畫其象著船首吳志曰太傅諸葛恪制爲鴨頭船

餘皇 太白 左傳曰吳伐楚獲餘皇以歸杜預注曰餘皇舟也蜀王本記曰秦爲太白船夏艘欲以攻楚注曰太白船名

馳馬 逐龍 崔豹古今注曰孫權名小船爲馳馬洞冥記曰露池西有昆雲池方四百步中有逐龍船

鴻毛 青翰 洞冥記曰影娥池中有鴻毛舟說苑曰莊辛謂襄城君曰鄂君方汎舟於澌波之中乘青翰之舟

蒼隼 青雀 蒼隼具叙事王隱晉書曰陶偘擊蜀賊王眞眞拘得偘青雀舟

五樓 三翼 吳志曰曹公出濡須孫權使董襲督五樓船住濡須口越絕書曰越爲大翼小

翼中翼爲船軍戰 雲母 海舸 雲母具敘事周遷輿服雜事曰其[redacted]輕行則乘海舸合木船也

錦維 綍繫 吳書曰甘寧住止常以繒錦維舟去輒割棄以示奢侈毛詩曰汎汎楊舟綍纚維之爾雅曰綍繂也纚綏也注綍大索也綏繫也

鸚䳄 鸜鵒 蜀王本記曰蜀王有鸚䳄舟周遷輿服雜事曰遠國朝貢越海則有大船一名鸜鵒合木爲槽

賦

西晉棗據船賦 伊河海之深廣兮瑳綿邈而无垠彼限隔而靡覿兮此由茲而莫闢雖后土之同載兮實殊代而乖分加聖王之神化兮理通微而逹幽悼生民之隔塞兮愍王教之不周立成器以被用兮因垂象以造舟濟洿波之絕軌兮越巨川之玄流水无深而不渡兮路无廣而不由運重固之滯貨雖載沉而載浮飄燕鼎於吳會轉金石於洪濤怨无涯之浩浩不抑進而輟留登楊侯之激浦兮方勇翔而龍游雖滔天而橫厲長抱樂而无憂乘流則逝遇抵而停受命若響唯時而征不辭勞而惡動不偷安而自寧不貪財以徇功不愛力而欲輕豐儉隨乎質量所勝任乎本形雖不乘而常浮雖涉險而必正周遊曲折動與時併博載善施心无所營囊括品物受辱含榮唯載涉之所欲混貴賤於一門包涵通於道德普納比乎乾坤感斯用之却廣信人道之所存

詩

陳張正見賦得雪映夜舟詩 黃雲迷鳥路白雪下鳧舟分沙映水浦照鶴聚寒流櫨風吹影落纜錦雜花浮舩梁若是桂翻如月照秋

梁王筠賦詠輕利舟詩 君侯飾輕利搖蕩邁飛雲凌波漾鷁彩汎水漁蛟文電流巳光絕鳥逝復超羣倏忽方千里恋茲岐路分

梁元帝舩名詩 天際浮雲飛玉翼自相追池邊白鵠舞林深青雀歸松潤流星影桂窻斜月暉思此无情極高樓淚染衣

銘

後漢李尤舟楫銘 舟楫之利譬猶輿馬輦重歷遠以濟天下相風視波窮究川野安審懼慎終無不可

讚

王叔元舟讚 致遠任重各因所由陸則騁車水惟用舟弱楫輕棹利涉濟求緬彼漁父鼓栧清謳

謝靈運侍汎舟讚 汎鷁兮游蘭池渚相委兮石參差日隱雲兮月照林風遼冷兮水漣漪

車第十二

敘事

譙周古史考曰黃帝作車少昊時

略加牛禹時奚仲駕馬周禮曰玉輅錫樊纓十
有再就建太常十有二斿以祀玉在馬曰輅錫音陽錫馬當面盧刻金爲之
所渭鏤錫也樊音鞶謂今馬大帶也此樊纓皆五色采罽飾之十有二就就成也太常九旗畫日月者
纓九就建大旂以賓同姓以封　象輅龍勒條纓
五就建大帛以即戎以封四衞木輅前樊鵠纓
建大麾以田以封藩國木輅无龍勒以淺黑飾帛爲樊鵠色飾帛爲纓不言就數飾與
革輅同龍作輗沈約宋書曰漢所乘輿金根安車立車輪
皆朱班黑轂兩轄飛軨以金薄繆龍輿倚較虛
文畫轓文獸也軾龍首銜軛鸞雀立衡虛文畫

轅翠羽蓋黃裏所謂黃屋也金華施轑末建旆
旗十二斿也畫日月升龍駕六黑馬又加犛牛
尾大如斗置左騑馬軛上所謂左纛也其五色
立車五色安車亦皆如之太皇太后皇后法駕
乘羽翟羽蓋金根車加青交輅青帷裳雲虛畫
轅黃金塗五采皇太子皇子皆安車朱班輪倚
獸伏鹿軾旅旗九斿畫降龍皇孫乘綠車
游環　副轄毛詩曰游環脅驅陰靷沃續劉熙釋名云游環在服馬背上叅馬之外轡貫之游移前却
无常處蔡邕獨斷曰乘輿之車皆副轄者施轄於外乃復設轄者也　周輿　殷輅周禮有虞氏尚陶夏

后尚匠殷人尚梓周人尚輿殷輅見論語　朱蘭　紫蓋　司馬彪續漢書輿服志曰小使車者蘭輿皆朱
赤轂白蓋赤帷從騶騎四十人皆迫捕考案有所勑取者之所
乘也魏收後魏書曰安車紫蓋朱裏與公侯同子男皂蓋青裏
步輿　卧輦　張敞晋東宮舊事曰太子有步輿一鄴中記曰石季龍皇后出嵩乘輅輦或朱漆卧輦以
雲母代紗內外四望皆通徹也　青牛　白鹿　闞令內傳曰尹喜登樓四望見東極有紫氣西邁喜曰應
有聖人經過京邑果見老君乘青牛來度葛洪神仙
傳曰沈義學道於蜀中與妻共載道逢白鹿車一乘　一器
六材　周禮曰一器而工聚者車爲多司馬彪續漢書輿服志曰奚仲爲車正具物以時六材皆良　珠輪
銅較　華嶠驂馬賦曰鞍刕緝裹珠輪玉光許慎說文曰較車輢上曲銅鉤音公卓反　皮軒　革
輅　漢官解故曰太僕廄府皮軒鸞旗胡廣曰馬有廄車有府皮軒以虎皮爲軒周禮鄭玄注曰革輅鞔之以革而漆之
法陰陽　象日月　李尤小車銘曰圓蓋象天方輿法地輪法陰陽動不相離周禮曰輪輻三十象

日月也
黃金車　碧玉輦　吳志曰初平中童謠曰黃金車斑蘭耳闓閶門出天子王子年拾遺
記曰周穆王馭黃金碧玉之輦從朝及暮而窮宇宙之內偏焉　三寸轄　四尺輈　淮南子曰夫車
之所能轉千里者以其要在三寸轄周禮輈度國馬之輈深四尺有七寸■馬之輈深四尺　三雲輦　七
香車　眞人王君內傳曰神人乘三雲之輦魏武帝與楊彪書曰今贈足下畫輪四望通幰七香車二乘　輪
重牙　轅兩尾　董巴輿服志曰乘輿金根車五乘輪皆朱班重牙貳轂張揖坤蒼曰輕車轅兩尾
玳瑁栢　茱萸輞　周遷輿服雜事曰五輅兩箱之後皆用玳瑁鵾翅注曰鵾大鳥名其羽闔纖利
故車箱象之石崇奴券曰作車當取大良白槐之輻茱萸之輞　賦　後梁甄玄成車賦　鑄金
磨玉之麗凝土剡木之奇體衆術而特妙未若作車而載馳爾
其車也名稱合於星辰■方象乎天地夏言以庸之服周曰聚
焉之器制度不以陋移規矩不以飾異古今貴其同軌華夷獲
其兼利爾其利也天子以郊祀田伐諸侯以朝聘會盟庶人以

商農工賈夷狄以致蓄遷生爾其作也均輕重而攻材正陰陽而[redacted]木既中[redacted]而合剖亦面勢而審曲候離婁之督繩須公輸而削墨布骹服之有定施爪牙之不忒既涉用於牛馬亦受名於羊鹿爾其容也伴蓋樹之獨立似高雲之出巘獨映水也如舞鸞之對鏡衆行陸也若翔鴻之赴遠聽長響之轔轔望遥儀之腕腕信有美兮宜比興徒欲貌兮不能辨及其駕也堅珊瑚之駐引絶群之駭既縧虈之縈頭亦銅鉤而瑩角始向軛而龍轉就入轅而獸躍或鼽鼽而鳴鼻或参差而動脚咆哮歕轉欝快隕闗晃輪陰之翻亂視帶影之飛泊及其乘也或方夏虐暑炎氣歊烈浮幰動以來風輕紗飛而去熱纖埃著而即墜煩氣衝而受歇或固陰沍寒祁巖凛厲複帷下而前屏重幨垂而後蔽霜露侵而靡及風飈激而不戾或油雲雨霈中逵半[redacted]宇宙而雷奔杼軸割而去[redacted]洪流滦而自落散水澌而不霑云

詩

梁孝元帝車名詩 長墟帶江轉連甍映日分佳人坐椒屋接膝對蘭薰繞砌縈流水邉梁圖畫雲錦色懸殊衆衣香遥出群日暮輕帷下黄金妄贈君

銘

後漢馮衍車銘 乘車必護輪治國必愛民車无輪安處國無民誰與

後漢崔駰車右銘 擇御人[redacted]採德用良詢納耆老于我是匡惟賢是師惟道是式箴闕旅賁內顧自勑匪望其度匪從其則起[redacted]

後漢李尤小車銘 圓蓋象天方輿則地輪法陰陽動不相離合之則撿禮以華國謙虛疏達開通兩輜鄣邪尊卑是從軏輗之用信義所同

燈第十三

敘事

呂靜韻集曰燈無足曰燈有足曰錠音定西京雜記曰漢高祖入咸陽宮秦有青玉五枝燈高七尺五寸下作蟠螭口銜燈然則鱗甲皆動煥炳若列星盈盈焉又曰長安巧工丁諼作恒滿燈九龍五鳳雜以芙蓉蓮藕之奇王朗秦故事曰百華燈樹正月朔朝賀殿下設于

三階之間端門外設五尺三尺燈月照星明雖夜猶晝張敞東宮舊事曰太子有銅駞頭燈銅倚燈納妃有金塗四尺長燈銀塗二尺連盤燈拾遺記曰海人乘霞舟以雕囊盛數升龍膏献燕昭王王坐通雲之堂亦曰通霞臺然龍膏爲燈火色曜百里煙色如丹洞冥記曰漢武帝然芳苡燈於閣上光色紫有白鳳黑冠黑龍馬異足來戲於閣又曰丹豹髓白鳳膏磨青錫爲屑以淳蘇油和之照於神壇夜暴雨火光不滅以麟鬚拂拂霜蛾赴燈者芳苡草出奔盧國霜蛾如蜂淮南子萬畢術曰取蚖脂爲燈置水中即見諸物

事對

豹髓　龍膏並見叙事　駞頭　鳳腦駞頭見叙事中拾遺記曰周穆三設常生之燈以自照烈蟠龍膏之燭徧於宫内行有鳳腦之燈水荷以盖其上　芳苡　蘭膏芳苡見叙事楚辭曰娛酒不廢沉日夜蘭膏明燭華燈錯　銅倚　玉枝並見叙事　葛籠　荷蓋沈約宋書曰高祖清簡寡欲牀頭有土障壁上有葛燈籠荷盖見鳳腦注中　百枝　九光傳玄朝會賦曰華燈若乎火樹熾百枝之煌煌漢武帝内傳曰西王母遣使謂帝曰七月七日我當暫來帝至日掃除宫内然九光之燈　蚖脂　鳳膏並見叙事　恒滿　常生並見前

賦

周庾信燈賦　九龍將暝三爵行棲瓊鈎半上弱木全低窻藏明於粉壁柳助暗於蘭閨翡翠珠被流蘇羽帳

會屈膝之屏風掩芙蓉之行障卷衣秦后之牀送枕荆臺之上乃有百枝同樹四照連盤香潔然蜜氣雜燒蘭燼長宵久光青夜寒秀華掩映蚖膏照灼動鱗甲於鯨魚歘光芒於鳴鶴蛾飄則碎花亂下風起則流星細落況復上蘭深夜中山醑清楚妃留客韓娥合聲低歌著節游絃絶鳴輝輝朱燼焰焰紅榮

梁作九光而連彩或雙花而並明寄言蘇季子應知餘照情

江淹燈賦

淮南王信自華命綵女餌丹砂學鳳音紫霞没白日沉謝明燈散玄陰顧謂小山儒士斯可賦乎於是促瑟而言曰若大王之燈者銅華金擎錯質鏤形碧爲雲氣玉爲仙靈双流百枝艷帳充庭照錦地之文席映綉柱之鳴筝恣靈修之浩蕩心何疑而永平茲侯服之誇誕而處士所莫營若庶人燈者非銀非珠无藻无縟心不貴麗器窮於樸是以露冷帷幔風結羅紈螢已引桂蛾欲辞蘭秋夜如歲秋情若絲怨此懷抱傷此秋期必丹燈半歎欲說忘辞至夫霜封園橘冰裂池蓀雲雪无際河海方昏冬膏既凝冬箭未度情運冬心寂歷冬暮亦復朱燈空明但爲君故

詩

隋江揔三善殿夜望山燈詩

百花疑吐夜四照似含春的的連星出亭亭向月新採珠非合浦贈珮異江濱若任扶桑路堪言並日輪

梁范靖妻沈詠燈詩

綺筵日已暮羅帷月未歸開花散鶴彩含光出九微風軒動丹焰冰宇澹青輝不吝輕蛾繞唯恐曉蠅飛

梁紀少瑜詠殘燈詩

殘燈猶未滅將盡更揚輝唯餘一兩焰裁得解羅衣

南齊謝朓詠燈詩

發翠斜溪裏蓄寶宕山峯抽莖類仙掌銜光似燭龍飛蛾冊三遶輕花四五重孤對相思夕空照無衣縫

銘

後漢李尤金羊燈銘

賢哲勉務唯日不足金羊載耀作明以續

傅玄燈銘

晃晃華燈含滋炳靈素膏流液玄炷亭亭丹水揚輝飛景蘭亭

燭第十四

叙事

周禮曰凡邦大事司烜氏共墳燭麻燭也一云大燭祭祀共明燭以燧取明大於日儀禮曰燕則庶子執燭於阼階上司宮執燭於西階上甸人執大

燭於庭閽人爲燭於門外凡燭至起異晝夜禮記曰燭不見跋跋本也燭盡則去之爲嫌若燼多有厭倦陸士衡毛詩草木疏曰木蓼擣爲燭明如胡麻燭後魏書曰世祖南伐劉義恭獻蠟燭世說曰石季龍以蠟燭炊

事對

照壁　映書　戰国策曰甘茂去秦之齊出關遇蘇季子曰江上夜女有家貧无燭者夜女相與欲去之無燭者曰妾以无燭之故常先至燭埽室布席何愛東壁之照壁者西京雜記曰匡衡勤學而无燭鄰舍有燭光穿壁引其光以書映而讀之

絶纓　陳席　司馬彪戰略曰楚莊王賜群臣酒日暮燭滅有引美人衣者美人援絶其冠纓告王王曰人醉失禮柰何欲顯婦人之節而辱士乎乃命曰群臣皆絶去冠纓然後上燭劉向烈女傳曰齊女徐吾者東海上貧婦人其與鄰人李吾合燭夜緝李吾曰徐吾无燭數不屬請无夜徐吾曰妾以貧故起常見先卧常在後洒埽陳席以待來者今益一人燭不爲益明去一人燭不爲益闇何愛東壁之餘光

益明　坐闇　王符潜夫論曰隅燭之施明于幽室也前燭則盡照矣後燭而益明二者相因以成大光謝承後漢書曰巴祗爲楊州刺史與客坐闇中不然官燭

美女戴　飛蟲赴　地鏡圖曰見美女戴燭行從其出處有三矣抱朴子曰夫明燭宵舉則飛蟲羣赴

武王晨舉　少翁夜張　王充論衡曰武王伐商兵至牧野晨舉脂燭權掩不備漢武故事曰上所幸李夫人死上甚思悼之齊人少翁言能致其神乃夜張明燭上居他帳中遥望見李夫人不得就視

賦

梁簡文帝對燭賦　雲母窻中合花氈茱萸幔裏鋪錦筵照夜明珠且莫取金羊燈火不須然下弦三更未有月中夜繁星徒依天於是挂同心之明燭施雕金之麗盤眠龍傍繞倒鳳雙安轉辟邪而取正推欞窻而畏寛綠炬懷翠朱蠟含丹豹脂宜火牛膝耐寒銅芝抱帶復纏柯金藕相縈共吐荷視横芒之昭曜見蜜淚之蹉跎漸覺流珠走熟視絳花多宵深色麗焰動風過夜久唯煩鋏天寒不畏蛾菖蒲傳酒座欲闌碧玉舞罷羅衣蹋影度

臨長枕煙生向果盤迴照金屛裹脉脉兩相看

周庾信對燭賦

龍沙鴈塞甲應寒天山月没客衣單燈前桁衣疑不亮月下穿針覺最難刺取燈花持桂燭還却燈檠下燭盤鑄鳳銜蓮圖龍並眠燼高疑數翦心濕暫難然銅荷承淚蠟鐵鋏染浮煙本知雪光能映紙復訝燈花今得錢蓮帳寒■窻拂曙■籠熏火香盈絮傍垂細溜上繞飛蛾光凊寒入燄暗風過楚人纓脫盡燕君書誤多夜風吹香氣隨鬱金苑芙蓉池秦■辟惡不足道漢武胡香何物奇晚星没芳蕪歇還持照夜游詎滅西園月

詩

梁王筠詠蠟燭詩

熱燭引佳期流影度單帷通朧別繡被依俙見蛾眉㷋明不足貴燋燼豈爲疑所恐恩情改照君尋覆綦

梁劉孝綽賦照綦燭詩

南皮絃吹罷終弈且留賓日下房櫳闇華燭命佳人側光全照局迴花半隱身莫辭纖手倦羞令夜向晨

唐太宗文皇帝詠燭詩

焰聽風來動花開不待春鎭下千行淚非是爲思人

又詩曰

九龍焰焰動四照逐花生即此流高殿堪持待月明

啓

劉孝儀謝女出門官賜紋絹燭啓

孝儀啓左右袁文成奉宣旨宜知臣私營發遣垂賜紋絹二十足燭二十挺臣家本貧敝事多蹇闕桓室金縷本非所宜孟姬作具猶若未周殊澤曲臨珍華兼重制爲美服雙綺易儔秉而不息三夜有待臣名品甲末事隔榮賜慈渥之墜實見因心小人賤微豈能勝報不忘云云

煙第十五

敘事

淮南子曰冬至甲子受制木用事火煙青七十二日戊子受制土用事火煙黃七十二日庚子受制金用事火煙白七十二日丙子受制火用事火煙赤七十二日壬子受制水用事火煙黑七十二日列仙傳曰昔神人過甯封人爲其掌火能出五色煙敎其積火自燒隨

煙上下（封人皇帝時陶正）周禮蟈氏掌去鼃黽焚牡蘜以灰灑之則死以其煙被之則活凡水蟲無聲晉書曰符堅之將亂也關中土然無火而煙氣大起方數十里月餘不滅後為慕容沖所滅後魏書曰慕容超之將亡也南郊柴燎焰起而煙不出靈臺令張光告人曰火盛煙滅國其亡乎拾遺記曰晉文公焚林以求介子推有白鵶繞煙而噪或集介子之側火不能焚晉人嘉之為立臺號曰思煙又曰員嶠山西有星池出爛石常浮於水色紅質虛似肺燒之香聞數百里煙氣升天則成香雲雲徧則成香雨

【事對】

火含　水滅（顏延之連誥曰火含煙而煙妨火桂懷蠹而蠹殘桂然火勝則煙滅蠹壯則桂折漢書曰漢元帝時有童謠曰井水溢滅竈鼃煙灌玉堂流金門）

噪鵶　去黽（並見敘事）

張天　連雲（沈約宋書曰桓玄使桓謙屯東陵口卞範之屯覆舟山西高祖躬先士卒以奔之東北風急因命縱火煙漲天謙等諸軍一時土崩劉向熏鑪銘曰中有蘭■朱火青煙蔚術四塞上連青天）

五色　四合（許邁列傳曰邁名映有道術高平閻慶受業慶方去映為燒香皆五色煙出映亦自去莫知所在潘泥火賦曰玄煙四合雲蒸霧萃）

【詩】

梁簡文帝煙詩

浮空覆雜影含樹密花藤乍如落霞發頹類巫雲登映光飛百仞從風散九層欲持翡翠色時出鯨魚燈

陳張正見浦狹村煙度詩

茅蘭夾兩岸野燎燭中川村長■夜影木狹度浮煙

技光暗鳥弋分火照漁船山人不炊桂樵華幸共然

火第十六

敘事 譙周古史考曰古者茹毛飲血燧人初作燧火人始燔炙元命包曰火之爲言委隨也故其立字人散子者爲火說文曰熯爇火也煨盆中火也熛火飛也爚火光也左傳曰人火曰火天火曰災春秋繁露曰若人君惑於讒邪內離骨肉外疎忠臣咎及於火則大旱必有火災春秋潛潭巴曰火從井出有賢士從人起火明賢者象賢者屈滯象從井出周易曰火在天上大有君子以遏惡揚善順天休命又春秋繁露曰若火不炎上秋多電由王者視不明也國語曰火焚其彝器子孫爲疑由王者廢棄五則則常也風俗通曰夫火者南方陽光輝爲明聖人嚮之而治取其象也

事對 化雀 流烏魚豢典略曰秦伯出獵至于咸陽有大鳥流下化爲白雀[illegible]衛綠冊書集于公車史記曰武王既渡河有火自上復下至于王屋流爲烏其色赤[illegible] 卜照 內陰湛方生論曰俗之談者以爲火外照无納影之[illegible]內鑒无朗闇之功張隱文士傳曰离火陰居內故能[illegible]可映 焚芝 爨柘抱朴子曰慮巫山之失火恐芝艾之[illegible]焚淮南子曰夏爨柘燧火冬爨松燧火[illegible] 登庫 構祠左傳曰宋衛陳鄭皆火梓慎登大庭氏之庫以望之漢書陳勝吳廣聚祠中夜構火狐鳴呼曰大楚興陳勝王是也

束縕　徙薪　漢書曰蒯通曰臣之里婦與諸母相善夜亡肉姑以爲婦盜遣之里母即束縕請火亡肉家曰昨夜犬得肉閗相殺請火以理之桓譚新論傳曰託言淳于髠至鄰家見其竈突直而積薪在旁謂曰此有火災即更爲曲突而遠徙其薪

光戟　生矛　沈約宋書曰晉惠帝永興元年成都王伐長沙每夜戈戟鋒有火光如懸燭漢書曰車師後王姑句家矛端生火其妻股紫謂姑句曰矛端生火此兵氣也

蔽窗　塗隙　魏收後魏書曰祖瑩好學以晝繼夜父母恐其成疾禁之後燃火讀書以衣被蔽塞窗戶恐人所覺韓子曰丈人之慎火也塗其隙白圭之行堤也塞其穴故丈人元火難白圭无水患

連雞　結牛　何法盛晉中興書曰殷浩北伐江逌爲長史逌取數百雞以長繩連脚皆繫火一時驅放飛過斬集于羌營火皆燃史記曰騎劫攻即墨田單取牛千頭縛矛其角結火其尾穿城而出壯士隨牛後出火明所觸輒死

珠扞　荷猒　國語曰楚王孫圉聘于晉謂趙簡子曰珠足以扞火災則寶之沈約宋書曰殿屋之爲圓泉方井兼荷華者以猒火祥

餤餤　烈烈　尚書曰无若火始餤餤厥攸灼叙弗其絶詩曰如火烈烈則莫我敢遏

泥中　水上　魏收後魏書曰張天錫時有火燃於泥中周易曰火在水上未濟

臨邛井　神丘穴　劉敬叔異苑曰臨邛有火井括地圖曰神丘有火穴光照千里

延北閣　越東家　范曄後漢書曰章帝時新平主家失火延及北閣後殿崔鴻前趙録曰劉殷曾祖母柩在殯西鄰失火風飇甚盛殷夫婦叩殯火災遂越燒東家

賦

西晉潘尼火賦

形生於未兆聲發於无象尋之不得其根聽之不聞其響來則莫見其跡去則不知其往似大道之未離而元氣之灝瀁故能博贍羣生資育萬類盛而不暴施而不費其變無方其用不匱鑽燧造火陶冶羣形協和五味革變羶腥洒醴烹飪於斯獲成及至焚野燎原埏火赫戲林木摺拉砂礫煎爢騰光絶覽雲散霓被遂及衝風激揚炎光奔逸玄煙四合雲蒸霧萃山陵爲之崩弛川澤爲之涌沸去若風馳疾如電逝蕭條長空野无孑遺无隰不灰无堈不燓榛蕪既除九野謐清蕩枝瘁於凜秋倏來春而改生其揚聲發怒則雷霆之威也明照遠鑒則日月之暉也甄陶品物則造化之制

也濟育群生則天地之惠也是以上聖人擬火以制禮鄭僑據猛以立政功用關乎古今勳績著乎百姓

戴逵流火賦 火憑薪以傳燄人資氣以享年苟薪氣之有竭何年燄之恒延

【文】晉成公綏戒火文 余家遭火屋宇焚盡器用廓然乃造於四鄰以爲戒火文曰經籍爲灰篇章爲炭

【論】朱玄微火不熱論 朱先生游於河洛之間將舍逆旅遇逆旅之火有主人翁夷焉先生褰裳下車環而窺之則喘喘然死矣先生曰嘻火之盛物一至此哉弟子孔琨進曰異乎先生之談也夫火之熱在群形則焚燎消鑠在肌膚則灼爛湮滅奚言物之盛矣

初學記卷第二十五

安桂坡館